GEHEIMNISSE & GEWEHRE

MILLIARDÄRSRANCH, BUCH 1

VANESSA VALE

Copyright © 2021 von Vanessa Vale

Dies ist ein Werk der Fiktion. Namen, Charaktere, Orte und Ereignisse sind Produkte der Fantasie der Autorin und werden fiktiv verwendet. Jegliche Ähnlichkeit mit tatsächlichen Personen, lebendig oder tot, Geschäften, Firmen, Ereignissen oder Orten sind absolut zufällig.

Alle Rechte vorbehalten.

Kein Teil dieses Buches darf in irgendeiner Form oder auf elektronische oder mechanische Art reproduziert werden, einschließlich Informationsspeichern und Datenabfragesystemen, ohne die schriftliche Erlaubnis der Autorin, bis auf den Gebrauch kurzer Zitate für eine Buchbesprechung.

Umschlaggestaltung: Bridger Media

Umschlaggrafik: Deposit Photos: mrbigphoto; designwest

HOLEN SIE SICH IHR KOSTENLOSES BUCH!

Tragen Sie sich in meine E-Mail Liste ein, um als erstes von Neuerscheinungen, kostenlosen Büchern, Sonderpreisen und anderen Zugaben zu erfahren.

kostenlosecowboyromantik.com

1

ED

Ich vögelte nicht auf Befehl.

Ich hasste es, wenn man mir sagte, was ich tun sollte, selbst wenn die Anweisung von meiner Chefin beim FBI kam. *Ermittle verdeckt in dem kleinen Kaff in Montana, wo du aufgewachsen bist*, hatte sie mir befohlen, weil niemand sonst als Cowboy durchgehen würde. Als Anzug und Krawatte tragender FBI-Mann ging ich garantiert nicht als Cowboy durch. Das bedeutete, dass ich mich in meiner alten Gemeinde nicht als der Starquarterback niederlassen konnte, an den sich alle erinnerten, sondern mit der falschen Persona eines in Ungnade gefallenen FBI-Agenten, der nach Hause zurückkehrte.

Das war schon schlimm genug, noch nerviger war jedoch, dass ich von den Männern herumkommandiert wurde, die ich zu überführen versuchte. Ich biss die Zähne zusammen und tat, was sie wollten, obwohl es allmählich immer besser klang, tatsächlich zu kündigen und ein *echter* in Ungnade gefallener FBI-Agent zu werden.

Ich hätte nie damit gerechnet, dass man mir sagen würde, was ich mit meinem Schwanz tun sollte.

Wäre ich wieder zwanzig, wäre ich von dieser Aufgabe begeistert gewesen. Leicht zu habende Pussy.

Jetzt? Ich zweifelte an meiner gesamten Karriere, weil sie mich zu diesem Moment geführt hatte.

Dem Moment, in dem ich zu einer Totenwache auf der Milliardärsranch ging. Jeder in dieser Gegend nannte die Ranch nur bei diesem Namen, weil der Spitzname einfach alles erklärte.

Ich parkte zusammen mit allen anderen, die während der Besuchszeit gekommen waren, auf dem Feld, dann stapfte ich zu dem großen Haus. Haus? Ne. Es war eine verfluchte Villa. Wände aus Baumstämmen und riesige Fenster. Natursteine und ein Schieferdach. Die Auffahrt, über die ich lief, war zweifelsohne beheizt, damit der Schnee im Winter nicht liegenblieb.

Die gigantischen Eingangstüren waren geöffnet

und Leute strömten aus diesen auf die weitläufige Veranda und Vorgarten. Sie waren entweder schwarz gekleidet oder trugen saubere Jeans und Hemden, was Trauerkleidung für die Einwohner Montanas noch am nächsten kam.

Ich tippte mir an den Hut, als ich an einer Frau vorbeiging, die mich daraufhin schwach anlächelte, als würde sie mir in dieser schwierigen Zeit Trost spenden wollen.

Sie wusste nicht, dass ich nicht hier war, um mein Beileid auszusprechen, sondern um aus der frisch gekrönten Königin der Wainright Familie einige Antworten zu ficken.

North. Fucking. Wainright.

Es war über zehn Jahre her, seit ich sie zuletzt gesehen hatte. Mit siebzehn war sie die Freundin meines jüngsten Bruders gewesen. Und für mich tabu. Ich war der Siebenundzwanzigjährige gewesen, der wegen des 4. Juli Wochenendes nach Hause zurückgekehrt war und sie beim Grillen mit der Familie kennengelernt hatte.

Dass ich sie auch umwerfend fand, hatte ich wohlweislich für mich behalten. Zur Hölle, jeder Mann, der sie damals erblickt hätte, hätte mir zugestimmt. Sie war in ihrem weißen Trägerkleid so verdammt hübsch gewesen, während ihre blonden Haare lang über ihren Rücken gefallen waren. Ich hatte nicht mit ihr geredet. Kein einziges Mal. Stattdessen hatte ich mich so weit wie möglich von ihr ferngehalten, dem Mädchen, das viel zu verführerisch und viel zu illegal für mich gewesen war. Ich hatte keinerlei Absicht gehegt, meinem Bruder die Freundin auszuspannen oder mit einer Minderjährigen auf ein Date zu gehen. Aber sie war... unvergesslich gewesen und das machte sie zu einer Gefahr.

Ich war zurück nach DC gegangen und sie hatte Jock einige Wochen später den Laufpass gegeben. Seitdem hatte ich nicht mehr an sie gedacht. Bis jetzt. Mein Auftrag bestand darin, Macon Wainright mit Korruption in Verbindung zu bringen, was bedeutete, dass ich Lakai für John Marshall spielen musste, weil Marshall *sein* Lakai gewesen war.

Für alle in dieser Gegend war ich jetzt bloß ein gelangweilter Cowboy mit gefährlichen Neigungen.

Marshall war mehr als begeistert davon gewesen, mich einzustellen. Ich war mir unschlüssig, ob sein zweiter Vorname Korrupt oder Unethisch lautete.

Als Wainright vor drei Tagen gestorben war, hatten sich er und Marshall gerade mitten in der Abwicklung eines Deals befunden. Marshall hatte Millionen zu verlieren, weshalb er jetzt erpicht darauf war, North Wainright in die Finger zu kriegen, um sicherzustellen, dass der Deal zu Ende gebracht wurde. Er dachte, die beste Möglichkeit, eine Eisprinzessin wie sie zum Reden zu bringen, bestünde darin, sie mit einem großen Schwanz und noch größeren Orgasmen aufzutauen.

Mein Handy vibrierte und ich zog es aus meiner Tasche, während ich in das Foyer trat. „Barnett", brummte ich.

Leute schauten in meine Richtung, achteten jedoch nicht weiter auf mich, sondern widmeten sich wieder ihren leisen Gesprächen. Eine Frau tupfte mit einem Taschentuch an ihren Augen, womit sie die einzige offensichtlich Trauernde war, die ich sehen konnte.

„Nun?"

Ich kannte die Stimme. Marshall war ein hartnäckiger Scheißkerl.

„Macon Wainright ist definitiv tot." Das war das Einzige, das ich mit Gewissheit wusste. Er lag in einem Hemd mit Druckknöpfen, einer Cowboykrawatte und auf der Brust gefalteten Händen drei Meter entfernt in einem Sarg. Seine sonst gebräunte Hautfarbe war wächsern. Anscheinend war das einzige Mal, dass ich ihn ohne ein höhnisches Grinsen auf den Lippen sah, nachdem er mit Balsamierflüssigkeit vollgepumpt worden war.

Ich war mir sicher, dass ich nicht der Einzige war, der das dachte.

„Mehr hast du nicht für mich?"

Ich war zu alt, um vor dem Arschloch zu katzbuckeln. Ich war kein *Ja*-Mann. Das war ich noch nie. Ich tat, was er mir auftrug. Doch ich tat es nur, damit ich ihn ins Gefängnis werfen konnte. Davor würde ich ihm das Leben jedoch nicht einfacher, sondern schwerer machen.

Eine Frau, die gerade gefolgt von einem gelben Labrador die Treppe herunterkam, erregte meine Aufmerksamkeit. Die Villa war so verflucht nobel, dass sie zwei Treppenaufgänge hatte, links und rechts, die sich leicht bogen und in der Mitte trafen. In diesem Fall war es Macon Wainright, der in all seiner toten Pracht als Mittelstück zwischen ihnen aufgebahrt war an Stelle beispielsweise eines Tisches mit einer Vase mit frischen Blumen.

North Wainright. Sie war garantiert keine siebzehn mehr. Ich erinnerte mich an die langen, blonden Haare. Die hohen Wangenknochen. Vollen Lippen. Blauen Augen.

Vor mir befand sich die erwachsene Version von North Wainwright in Fleisch und Blut und in einem schwarzen Kleid, das sich an ihre ansprechenden weiblichen Kurven schmiegte... nicht zu vergessen die Fick-mich-Stilettos, die außergewöhnliche Dinge mit ihren Beinen anstellten –

Fick mich.

Richtig. Genau das sollte ich tun. Sie dazu bringen, mich zu ficken.

Ich bezweifelte, dass Marshall von mir erwartet hätte, einen ihrer Brüder zu ficken, um an Informationen ranzukommen, hätte einer von ihnen die CEO-

Stelle bei Wainright Holdigns nach Macons Tod geerbt. So tickte ich nicht. Doch da Marshall ein sexistisches Arschloch war, dachte er, dass er von einer Frau nur kriegen würde, was er wollte, wenn sie im Bett gut befriedigt worden war.

Weil ich sie so intensiv anstarrte, verpasste ich die Hälfte von dem, was Marshall sagte. „...muss wissen, ob sie den Deal einhält."

„Ich weiß", erwiderte ich. „Ich bin hier. Ich sehe sie."

Ich legte auf und steckte das Handy wieder in meine Tasche. Der Kerl wollte, dass ich einen Job erledigte. Ich würde es tun, aber ich würde ihm nicht von jeder Einzelheit berichten.

Sie näherte sich ihrem Bruder und nickte ihm zu. Sie lächelte nicht. Umarmte ihn nicht oder klopfte ihm auf die Schulter. Sie hielt kein Taschentuch in ihrer eleganten Hand. Ihre Augen waren nicht vom Weinen gerötet.

East – ja, sie hatten alle beschissene Kompassnamen – beugte sich zu ihr und flüsterte ihr etwas ins Ohr. Er war zwei Jahre jünger und sah ihr überhaupt nicht ähnlich. Dunkle Haare, aber wahnsinnig helle Augen. Er war groß und wie ein verdammter Panzer gebaut.

Sie blickte zum Sarg. Nickte zur Antwort auf das, was auch immer er sagte.

Als ich meine verdeckte Ermittlung bei Marshall

begonnen hatte, hatte ich alles über die Familie gelernt, das es zu lernen gab. Ich würde Marshall zwar zu Fall bringen, aber er war nur der Kollateralschaden. Mein Hauptziel war Macon Wainright.

Doch jetzt war er tot. Schlimmer Herzinfarkt, während er seine Geliebte gefickt hatte. Ich sah erneut zur Leiche, dann wandte ich mich ab. Sein Fall würde zusammen mit dem Deckel seines Sargs geschlossen werden.

Da ein Toter nicht ins Gefängnis gehen konnte, war jetzt North Wainright das Ziel des FBI. Sie war dreißig. Das älteste der vier Kinder von Macon Wainright und Kitty Southforth Wainright. Kitty war mittlerweile seit fünfundzwanzig Jahren tot. Macon seit drei Tagen. North hatte auf Harvard studiert und einen MBA von der Wharton. Sie war Stellvertreterin bei Wainright Holdings.

Nun, jetzt war sie die Chefin und sie hatte alle Antworten.

Als ein Pfarrer, Reverend oder wie auch immer der religiöse Titel des Typen lautete, zu ihnen trat und seine Hand auf Norths Ellbogen legte, woraufhin sie einen Schritt zur Seite machte, knurrte ich praktisch.

Meine Augen verengten sich zu Schlitzen. Der Mann Gottes fasste sie an. Die Berührung war unpersönlich, aber das war mir scheißegal. Sie war eine umwerfende Frau und ich wollte derjenige sein, der sie berührte. Sie mochte unschuldig gewesen sein, als sie siebzehn Jahre alt war, doch seitdem hatte sie bestimmt das ein oder andere Schmutzige getan, dessen war ich mir sicher. Ich wurde hart bei dem Gedanken, derjenige zu sein, der jetzt schmutzige Dinge mit ihr tat. Der ihre Haare zerzauste. Der ihren Lippenstift verschmierte und auf seinem Schwanz verteilte.

Ich fühlte mein Handy vibrieren und wusste, dass es schon wieder Marshall war. Ihm gefiel es nicht, wenn er ignoriert wurde. Doch das brachte mich in die Realität zurück. Zu dem Grund meiner Anwesenheit bei dieser Totenwache.

Ich war nicht hier, um mein Beileid auszusprechen. Ich war hier, um North Wainright zu ficken. Wegen Marshall. Wegen beschissenem Bettgeflüster.

Als mein Schwanz entlang meines Schenkels hart wurde, wusste ich eines mit Sicherheit. Ich würde sie unter mich kriegen. Ich hatte jetzt eine Mission. Sie zu ficken. Nicht für Marshall oder das FBI.

Für mich.

Zur Hölle, für *sie*.

Wenn sie erst einmal herausfand, wie ich sie zum Höhepunkt bringen konnte, würde sie nämlich zu keinem anderen mehr gehen.

Denn jetzt, da ich sie wieder gesehen hatte, würde für mich keine andere Frau mehr infrage kommen. Schicksal? Liebe auf den ersten Blick? Ein Glücksfall?

Egal was, mir war es scheißegal. Ich wusste nur, dass diese Frau mein war.

East ließ sie mit dem Pfarrer allein, was sofort dazu führte, dass ich den Kerl hasste. Brüder, auch jüngere, sollten auf ihre Schwestern aufpassen. Der Pfarrer sprach und ließ sich eindeutig langatmig über etwas aus. Sie lächelte ihn nicht an, aber schenkte dem Mann ihre volle Aufmerksamkeit. So sah es zumindest aus. Ich konnte jedoch erkennen – woran wusste ich nicht – dass sie mit den Gedanken woanders war. Vielleicht bei ihrem Eisschloss, in das sie flüchten konnte.

Ich schlendert zu ihr, das Timing war perfekt. Ein kurzer Blick auf Macon Wainright im Sarg und vielleicht ging ich ein bisschen zu weit, aber ich würde jetzt keinen Rückzieher machen. Die Totenwache war der einzige Zeitpunkt, zu dem die Eingangstür der Villa weit für die Stadt geöffnet war. Die Beerdigung würde später, allerdings nur im Kreis der Familie stattfinden. Ich konnte nicht einfach an der Tür klopfen und sie in mein Bett einladen.

Nein, es hieß jetzt oder... ein andermal, wenn es sehr viel schwieriger sein würde.

„Da bist du ja, Prinzessin", sagte ich und stellte mich so neben North, dass sich unsere Schultern streiften. Sie war keine kleine Frau und in diesen High Heels musste sie nur wenige Zentimeter hochschauen, um mir in die Augen blicken zu können. Ich nahm meinen Hut ab. „Ich habe nach dir gesucht."

Norths helle Braue wölbte sich und Erkennen flackerte in ihren Augen auf. Interessant. Sie erinnerte sich an mich.

Ich wandte mich an den Pfarrer. „Ich hoffe, Sie haben nichts dagegen, Reverend, aber North wird im Büro gebraucht."

Ich wusste nicht, wo zum Teufel das Büro war oder ob dieses Haus überhaupt eines hatte, aber es war groß und so schick, dass die Möglichkeit bestand.

Der ältere Mann schenkte mir ein freundliches Lächeln. Ein Lächeln, das er vermutlich jahrzehntelang geübt hatte, um es bei Gelegenheiten wie diesen zum Einsatz zu bringen.

Ich nahm Norths Ellbogen und führte sie von dem Mann weg, ehe ich nach rechts und in ein riesiges Wohnzimmer bog. Tierköpfe säumten die Wände und ein riesiger Zehnender oder Zwölfender Hirsch hing über einem kalten Kamin. Ich lief an den Gästen vorbei und in den angeschlossenen Raum. Noch ein Wohnzimmer. Wie viele Wohnzimmer hatte dieses Haus? Ich sah eine geöffnete Tür, führte North hindurch und schloss sie hinter mir, jedoch nicht bevor uns der Hund in das Zimmer gefolgt war. Er ließ sich auf den Teppich fallen und schlief prompt ein. Wir befanden uns in einem Büro mit einem riesigen Schreibtisch. Kleinere Tierköpfe säumten eine Wand, antike und uralte Gewehre die andere.

„Meine Fresse, was für ein Raum ist das?", fragte

ich, während ich das Massaker an den Wänden betrachtete.

„Das Heiligtum meines Vaters", erklärte sie und verschränkte die Arme vor der Brust. Das Dekolleté ihres Kleides war nicht auffällig, aber die Bewegung drückte ihre Brüste nach oben und ich konnte die weichen Rundungen nicht übersehen.

Ich blinzelte, dann wandte ich den Blick ab. „Hast du vor, ihn auch an die Wand zu hängen?", fragte ich.

Ihre Augen weiteten sich bei dem Vorschlag, dann lachte sie. Ihr Kopf neigte sich nach hinten und mir entging die lange Säule ihres Halses nicht.

Sie war so verdammt hübsch.

„Im Verlauf der Jahre habe ich darüber nachgedacht, aber jetzt ist der richtige Zeitpunkt, oder? In einigen Stunden wird er unter der Erde sein."

Ihre Stimme war tief und heißer. Sexy und überraschend.

„Du musst nur ein Wort sagen, Prinzessin, und ich werde es für dich erledigen lassen."

Sie legte den Kopf zur Seite und musterte mich. „Ich erinnere mich an dich."

„Ich erinnere mich auch an dich."

Das Lächeln verrutschte. „Jocks älterer Bruder."

„Das stimmt. Jed Barnett. Du und Jock haben eine gemeinsame Vergangenheit." Sie hatte meinen Bruder gedatet. Vermutlich hatte sie ihm ihre Jungfräulichkeit geschenkt. Dann hatte sie mit ihm Schluss gemacht, was ihren Daddy dazu bewogen hatte, den Deal, das Land meiner Eltern zu kaufen, für nichtig zu erklären.

Sie wandte den Blick ab, aber sah nicht reumütig aus. Sie sah... eiskalt aus. „Das war vor langer Zeit. Ich habe gehört, dass er jetzt verheiratet ist und zwei Kinder hat."

„Drei", korrigierte ich. Ich war zwar über zehn Jahre älter als Jock, doch er war derjenige, der jemanden gefunden und sich niedergelassen hatte. „Im April ist sein kleines Mädchen auf die Welt gekommen."

„Ich bin froh, dass er die Frau gefunden hat, die er lieben sollte."

Bei ihrer Antwort legte ich die Stirn in Falten. Ich hatte mit einer zurückhaltenden Antwort gerechnet. Einer Berechnenden.

„Was möchtest du?", fragte sie.

„Was bringt dich auf den Gedanken, dass ich etwas möchte?"

„Du hast einen Pfarrer angelogen und mich hierhergeschleppt, Jed Barnett." Sie hob eine Hand, um auf das Zimmer hinzuweisen, in dem wir allein waren.

„Die ganze Stadt ist hier. Die Hälfte davon ist hier, um das Innere dieser Villa zu sehen." Ich sah mich in dem protzigen Büro um. „Die Hälfte ist hier, um deinen Daddy in einem Sarg zu sehen."

„Zu welcher Gruppe gehörst du?", fragte sie und legte den Kopf auf die Seite.

„Zu keiner von beiden."

Nach ihren weit aufgerissenen Augen zu schließen, überraschte sie die Antwort. „Weshalb bist du dann hier?"

„Wegen dir." Meine Antwort war simpel. Mehr musste ich nicht sagen. Es war die Wahrheit, da ich Marshalls Befehle ausführte. Ich konnte ihm von diesem Vier-Augen-Gespräch erzählen. Damit würde ich ihn eine Weile zufriedenstellen.

Was den Sex mit ihr anging?

Wie ich bereits gesagt hatte, ich fickte nicht auf Befehl.

Ich wollte North befriedigen, aber das würde ich nur für mich tun. Normalerweise war ich nie so scharf auf eine Frau. Klar, ich hatte Frauen angebaggert. Welcher Vierzigjährige hatte das nicht getan? Aber das hier war anders.

Das hier war North Wainright. Sie würde eine Herausforderung darstellen.

Oder? Mir entging nicht, dass sich ihre Pupillen weiteten. Oh ja, sie mochte diese Antwort, aber sie würde es sich nicht anmerken lassen. Mit dieser Frau wollte ich kein Poker spielen.

„Im Ernst?"

Ich musterte sie von Kopf bis Fuß. „Todernst."

„Du hattest dreizehn Jahre, um dich an mich ranzumachen", entgegnete sie. „Warum jetzt? Warum auf der Totenwache meines Vaters?"

Ich lehnte mich an die Tür, damit sie nicht fliehen konnte, außer sie kletterte in diesem Kleid und High Heels aus dem großen Fenster. „Hättest du mich auf das Grundstück gelassen?"

Sie musterte mich. „Ich weiß es nicht. Bist du gefährlich?"

„Für dein Höschen."

Sie lachte und verdrehte die Augen. „Das zieht bei anderen Frauen?"

Ich zuckte mit den Achseln. Ich war zwar undercover und in viele beschissene Lügen verstrickt, aber ich würde mich offen mit ihr unterhalten. Sie war zu klug für alles andere.

„Ich habe kein Interesse an dem Höschen anderer Frauen. Mich interessiert nur deines. In meiner Tasche."

Sie drehte sich um und ließ ihren Blick durch das Zimmer schweifen. „Du willst hier drin etwas anfangen? Nicht der", sie strich mit der Hand über die Rückenlehne eines steifen Ledersofas, „gemütlichste Ort."

„Dir würde es gefallen, wenn ich dich über die Armlehne dieses Sofas beugen würde." Ich deutete darauf. „Dieser Schreibtisch hat die perfekte Höhe, um dich darauf abzulegen und zu lecken. Ich würde sagen, ich könnte dich an der Wand ficken, aber das könnte mit dem toten Reh auf einer Seite und einem Elch auf der anderen ein wenig beengt sein."

Ihr Mund öffnete sich und der Atem entwich ihr als leises Keuchen.

„Ich soll einfach mein Kleid hochheben und die Beine für dich breit machen, weil du versaute Dinge sagst?"

Ich zuckte mit den Achseln und betrachtete das Kleidungsstück, das vermutlich mehr als mein Truck gekostet hatte. „Ich spreche nur Fakten aus."

„Und noch einmal, warum jetzt? Ich hätte nicht gedacht, dass du die ausrangierten Freundinnen deines Bruders willst. Sagen das Männer nicht immer?"

Mein Kiefer mahlte. Die Vorstellung, dass Jock oder irgendein anderer Mann seinen Schwanz in sie gesteckt hatte, ließ mich rotsehen. Ich konnte nur daran denken, dass sie *mein* war.

„Dein Daddy liegt draußen im Foyer in einem Sarg. Ich habe deine anderen Brüder nicht gesehen, aber East machte auf mich nicht den Eindruck, als würde er dich trösten wollen. Dachte, du könntest eine Schulter brauchen, an der du dich ausweinen kannst."

Sie lachte erneut, obwohl sie gar nicht belustigt aussah. „Warum sollte er mich trösten, wenn ich keinerlei Grund habe, wegen des Tods meines Vaters zu weinen? Außerdem ist mich zu lecken etwas ganz anderes als eine Schulter zum Ausweinen."

Sie war direkt. Das gefiel mir. Ich würde später

darüber nachdenken, warum sie nicht um ihren Vater trauerte.

„Was auch immer du brauchst, Prinzessin", erwiderte ich.

Ihre Augen wurden schmal und sie musterte mich. Ich blieb reglos, während ihr Blick über mich glitt, von der Spitze meiner polierten Arbeitsstiefel zu meinen dunklen Haaren.

„Hat dich jemand anderes gefragt, was du brauchst?" Ich bezweifelte es. Sie hatte diese kühle Kontrollsache am Laufen. Unberührbar.

Sie antwortete nicht, aber daran, wie sich ihre Schultern strafften, erkannte ich, dass die Antwort Nein lautete. Interessant. Sie war eine Prinzessin, aber sie saß allein in einem hohen Turm.

„Typisch. Ein Kerl denkt, eine Frau fühlt sich nur dann besser, wenn sie flachgelegt wird. Was willst du tun... mich mit ein paar Orgasmen weich kriegen?"

Genau das.

„Die einzige Frau, die daran zweifeln würde, ist eine, die nur selten flachgelegt wird", entgegnete ich.

Röte kroch vom Ausschnitt ihres Kleides hoch zu ihren Wangen. Sie wandte sich ab.

„Was möchtest du wirklich, Jed?", fragte sie, während ich ihren perfekten Hintern bewunderte. „Geld? Eine Einstiegsmöglichkeit bei einem meiner Partner? Einen Job?"

Jetzt war ich derjenige, der sich aufregte. Ich

wusste nicht, ob sich mein Cover als Loser, der alles verloren hatte, auszahlte und sie dachte, ich bräuchte etwas, um meine Rechnungen bezahlen zu können, oder ob sie zuvor angebaggert worden war. „Ich hab es dir schon gesagt."

Sie drehte sich wieder um und ich fragte mich, wie es ihr gelang, in diesen High Heels nicht umzufallen. Frauen in Montana trugen nicht oft sportliche Businesskleidung und Absatzschuhe. Der Staat war in Bezug auf alles locker drauf. Doch ihr Look löste bei mir so einiges aus. Ich wollte sie in die Finger kriegen und dafür sorgen, dass ihre geschäftsmäßige Fassade einige Risse bekam.

„Du kamst zur Totenwache, um meinem Vater die letzte Ehre zu erweisen. Du sahst mich, dein Schwanz wurde hart und du wolltest etwas dagegen unternehmen. Kein Mann geht so unverschämt vor."

„Du hast recht. Ich sah dich. Mein Schwanz ist definitiv hart." Ihr Blick senkte sich auf die Vorderseite meiner Hose und ihre Augen weiteten sich. Ja, ich war groß. Es freute mich, zu wissen, dass sie beeindruckt war. „Ich will dich. Ich will zuschauen, wie du kommst und dabei meinen Namen schreist."

Sie machte ein finsteres Gesicht und beäugte mich, als käme ich von einem anderen Planeten, einem, auf dem die Männer nicht nur an sich dachten. „Du willst *mich* zum Orgasmus bringen."

Jetzt verengte ich die Augen zu Schlitzen. „Prinzessin, du sagst das, als hätte noch nie ein Mann dich an erste Stelle gestellt. Ich weiß nicht, ob ich sie verprügeln oder mich bei ihnen bedanken soll."

„Ich komme zum Höhepunkt", sagte sie und dann biss sie sich auf die Lippe, als wären ihr die Worte unbeabsichtigt rausgerutscht. Anscheinend gab North nur ungern etwas über sich Preis, nicht einmal die kleinste Wahrheit.

„Mit einem Mann?"

Sie zuckte eine schmale Schulter, rümpfte die Nase und blickte von oben auf mich herab, obwohl ich einige Zentimeter größer war. „Wer braucht schon einen, wenn Batterien und hochwertiges Silikon die Aufgabe erledigen können?"

Ich schüttelte den Kopf und stieß mich von der Tür ab. „Nun das ist eine Schande. Eine Prinzessin wie du sollte einen Schwanz reiten, wann immer ihr danach ist."

Meine Worte schockierten sie nicht. Sie verpasste mir keine Ohrfeige. Das würde ich einen Sieg nennen… bisher.

„Und du bist hier, um dieser Schwanz zu sein?"

„Du bist von meinem beeindruckt und du hast ihn nur in meiner Jeans gesehen."

Sie hielt inne, schloss die Augen und schüttelte langsam den Kopf. „Das ist verrückt. In meinem Posteingang warten vermutlich zweihundert E-Mails auf eine Antwort. Mein Assistent ist hier irgendwo, rennt kopflos herum und wartet darauf, mich darüber in Kenntnis zu setzen, dass die Dinge im Büro auseinanderbrechen, da ich dort kaum war, seit ich die Nachricht bezüglich Macon erhalten habe. Darüber hinaus habe ich ein Haus voller Leute am Hals und eine Leiche im anderen Raum."

Leiche, nicht toter *Vater*.

Ich schüttelte den Kopf über sie, als wären ihre Ausreden belanglos. Ich konnte mir den Scheiß, den sie an einem Tag erledigte nur ausmalen. Noch dazu in High Heels. Ich trat näher und streichelte ihre Wange. Beobachtete, wie ihre blauen Augen dunkel wurden. Ihre Haut war wie Seide unter meinen Knöcheln. Mein Daumen streichelte über ihre Unterlippe, hin und her. Dann, als sie mir nicht das Knie in die Eier rammte, senkte ich den Kopf und küsste sie. Ich beobachtete ihr Gesicht bis zur letzten Sekunde, als sich ihre Lider senkten. Eine Sekunde war sie steif, dann schmolz sie wie Wachs in der heißen Sonne dahin. Sie schmeckte nach Sonnenschein und Süße, das komplette Gegenteil von dem Bild, das sie der Welt absichtlich zeigte.

Ich zog den Kuss nicht in die Länge, obwohl sie wie ein verdammter Traum küsste.

„Du bist North Wainright", raunte ich. „Wenn du meinen Schwanz willst, wenn du ihn jetzt willst, dann ermögliche das. Du erinnerst dich an mich und so wie sich deine Nippel gegen dein Kleid bohren, hat dir gefallen, was du damals gesehen hast und was du jetzt siehst. Du brauchst keinen Assistenten, der das in deinen Terminkalender einträgt."

Sie blinzelte, als würde sie aus einer Trance erwachen.

Dann musterte sie mich eine Minute, wobei ihre schlauen, blauen Augen über jeden Zentimeter von mir in Jeans und Hemd glitten, während ich den Stetson in meiner Hand hielt.

Sie drehte sich um, ging zu der Wand mit den Gewehren und nahm eine Schrotflinte von den niedrigeren Halterungen. Ich wich zurück und hob die Hände vor mir hoch.

Scheiße, ich war das alles vollkommen falsch angegangen. Ich mochte meine Eier und sie hatte anscheinend vor, sie mit einem Kaliber zwölf zu entfernen.

Doch sie schaute nicht zu mir. Sie öffnete die Flinte, um nachzusehen, ob sie geladen war, dann klappte sie sie zu. Sie ging mit der Waffe um, als wüsste sie, was sie tat. Nachdem sie an mir vorbeigelaufen war, riss sie die Tür auf und marschierte aus dem Raum. Ich folgte ihr dicht auf den Fersen, was leicht war, da die Gäste einen Weg für sie freimachten.

Sie ging zum Sarg ihres Daddys, hob den Arm und klappte den Deckel mit einem lauten Knall zu. Anschließend trat sie durch die geöffnete Eingangstür.

Auf der Veranda hob sie die Schrotflinte hoch, als wäre sie ein Champion im Tontaubenschießen, und feuerte in die Luft. Der Knall brachte die Kristalle der

Kronleuchter über meinem Kopf zum Erzittern. Es erklangen einige Schreie, viele keuchten und einige brachen in Panik aus.

„Die Totenwache ist vorüber", rief sie. „Alle Mann raus."

Die Leute eilten wie Ratten, die von einem Lichtkegel erfasst wurden, aus dem Haus. Niemand stellte eine Frau infrage, die auf der Totenwache ihres Daddys mit einer Flinte um sich schoss.

Zur Hölle, niemand stellte North Wainright infrage.

Sie drehte sich um, blickte über die Schulter und ihr Blick begegnete meinem, während die Gäste an ihr vorbeiströmten. „Abgesehen von dir."

2

 ORTH

„NORTH, meine Liebe. Was ist mit der Beerdigung?"

Der Pfarrer musste recht zuversichtlich sein, dass seine Seele in den Himmel kommen würde, denn er ging nicht mit den anderen Stadtbewohnern. Wie Jed angemerkt hatte, hatten sie mein Essen gegessen und meinen Alkohol getrunken, nur um das Innere des Hauses zu sehen. Meine dreiste Tat mit der noch warmen Flinte würde sich zweifelsohne innerhalb einer Stunde in der Stadt herumsprechen.

Niemand interessierte sich für meinen Vater, denn er hatte sich auch für niemand anderen als sich selbst interessiert. Einschließlich mir. Ich war nicht traurig, dass er tot war. Ganz im Gegenteil. Ich hasste den Mann.

Jed Barnett hier zu haben, war eine Erinnerung daran. An das, was Macon getan hatte, als ich siebzehn Jahre alt gewesen war. Wie er mich benutzt hatte. Er hatte behauptet, er wolle warten, bis ich achtzehn sei, um endlich eines seiner Kinder in der Firma arbeiten zu lassen und mich in seine Welt einzuführen, aber der Moment sei einfach zu gut gewesen, um ihn ungenutzt verstreichen zu lassen.

Ich holte tief Luft in der Hoffnung, dass die Kopfschmerzen am Ansatz meines Schädels zu pochen aufhören würden.

Der Pfarrer wartete auf meine Antwort. Er musste in seinem schwarzen Outfit und engen weißen Kragen schwitzen. Dennoch wirkte er vollkommen gelassen, als würde es jeden Tag passieren, dass Schrotflinten auf Totenwachen abgefeuert wurden. Er machte sich größere Sorgen darum, den Verstorbenen zu beerdigen.

Ich wollte die Leiche meines Vaters genauso sehr aus dem Haus und unter der Erde haben. Vermutlich mehr als er.

„Drei Uhr wie geplant", versicherte ich ihm. Das war der einzige Termin in meinem Kalender, den ich nicht vergessen würde.

Ich verlagerte die Flinte auf meinen anderen Arm, wobei der Lauf auf den Boden zeigte. Meine Schulter war ein wenig wund von dem Rückstoß, aber wenigstens hatte ich ihn gespürt. Ich hatte *etwas* gespürt.

Abgesehen von Erschöpfung. Stress. Wut. Ich war schon so lange Zeit verbittert, dass ich vergessen hatte, wie sich Süße anfühlte. Meine Lippen kribbelten noch immer davon.

Der Pfarrer blickte über seine Schulter und spähte zu dem geschlossenen Sarg, als würde Macon jeden Moment den Deckel nach oben stemmen und sich aufregen, weil seine Totenwache früher geendet hatte.

„Was zum Teu– Henker war das?", brüllte East, der von der Küche im hinteren Teil des Hauses durch den Flur zu uns lief. Er warf einen Blick auf den Pfarrer und lächelte zerknirscht. „Entschuldigen Sie, Vater."

„Es wurde Zeit, dass die Party endete", informierte ich ihn.

East schaute aus der geöffneten Tür auf den langsamen Strom Autos, die die Einfahrt hinabfuhren.

„Daran hätte ich denken sollen", grummelte er, dann zuckte er mit den Achseln. „Möchtest du ein Sandwich?"

Ich schüttelte den Kopf und beäugte das riesige Sandwich, das er in seiner Hand hielt. Im anderen Raum stand ein Tisch voller Finger Food. Ein riesiges Sandwich war das Letzte, das ich wollte. Wie irgendjemand etwas essen konnte, während eine Leiche aufgebahrt war, überstieg meinen Horizont.

Das war alles Teil seines letzten Willens. Macon,

der ein letztes Mal das Zentrum der Aufmerksamkeit war. Ich wusste nicht, ob mir die Anwälte auf die Nerven gehen würden, weil ich dieses Event vorzeitig beendet hatte.

„Sie sollten sich entspannen, meine Liebe", riet mir der Pfarrer. „Es ist eine schwierige Zeit. Wir sehen uns um drei."

Ich nickte ihm zu und scheuchte ihn zu der geöffneten Eingangstür, die ich hinter ihm schloss.

„Ja, Sis", stimmte East zu und klopfte mir auf die Schulter, ehe er sich umdrehte und zurück zur Küche ging. „Du solltest dich entspannen. Auch wenn du gar nicht weißt, wie das geht."

Ich machte ein finsteres Gesicht. Ich hatte mit Macon eine Milliarden-Dollar-Firma geführt, was etwas ganz anderes war, als wie er Aufsätze als Universitätsprofessor zu benoten. Er lebte ihn Bozeman und kam selten zur Ranch zurück, obwohl er im Sommer frei hatte. Ich machte ihm daraus keinen Vorwurf. Ich wünschte, ich wäre an seiner Stelle und würde diesen sorgenfreien Lebensstil führen. Aber ich war dazu erzogen worden, den Namen weiterzuführen. Das Geschäft zu leiten.

Er hatte keine Ahnung. Keinen blassen Schimmer, womit ich mich befassen musste. Was ich durchgemacht hatte. Wozu ich eingewilligt hatte. Was ich überlebt hatte. Ich hatte ihn und meine anderen zwei Brüder von allem abgeschirmt und ihnen die Freiheit geschenkt, zu werden, was sie wollten. Ich konnte mich nicht entspannen, denn wenn ich das tat, würden mir die Konsequenzen nicht gefallen.

Ich fing Jeds Blick auf, als East in Richtung Küche verschwand.

„Sogar der Pfarrer hat dir geraten, dich zu entspannen", sagte Jed schließlich. „Orgasmen, die von Gott abgesegnet wurden." Er kam mit diesen langbeinigen Schritten zu mir. „Nicht einmal du kannst dagegen etwas sagen", fügte er hinzu.

Ich verdrehte die Augen, während ich um ihn trat und es ihm überließ, mir zu folgen. Oder nicht.

Er tat es natürlich und wir gingen zurück zur Bibliothek. Ich hätte schlechter von ihm gedacht, wenn er jetzt aufgegeben hätte. Ich legte die Flinte wieder auf ihre Halterungen, dann trat ich um den Schreibtisch meines Vaters und lehnte mich dagegen, während Jed die Tür hinter sich schloss.

Gott, ich fühlte mich noch immer so zu ihm hingezogen wie damals, als ich siebzehn Jahre alt gewesen war. Zum ersten Mal verspürte ich Anflüge von Verlangen. Klar, ich hatte seinen Bruder Jock geküsst, meinen Freund im Senior-Jahr der Highschool. Wir hatten miteinander rumgemacht, aber er hatte mich nicht so sehr zum Leben erweckt, wie es ein Blick auf den siebenundzwanzigjährigen Jed geschafft hatte.

Er war jetzt älter, um die vierzig. Seine Haare waren fast schwarz, aber als er näher kam, konnte ich silberne Strähnen an seinen Schläfen sehen. Das kantige Kiefer, von dem ich glaubte, man könnte Messer daran schleifen, war jetzt von einem gestutzten Bart bedeckt.

Über ein Meter achtzig perfekten Körpers. Seine Jeans schmiegte sich an seine dicken Schenkel. Seine Unterarme waren muskulös, gebräunt und mit dunklen Haaren gesprenkelt. Er war fit, als würde er Strohballen werfen oder Marathons laufen. Oder beides.

Ich hasste es, dass Männer mit dem Alter besser aussahen, während Frauen alt wurden. Auch Jed war mit dem Alter noch attraktiver geworden und in seinem Fall störte es mich nicht. Vielleicht lag es daran, dass ich ihn jetzt durch andere Augen als die eines Teenagers betrachtete. Ich sah ihn nun auf völlig andere Weise. Ich erwartete keine Regenbögen und Märchen oder Liebe mehr. Nur die emotionslose Erleichterung, die mir ein heißer Kerl schenken wollte. Und er war heiß. Dann würde ich zu meinem regulären, durchgeplanten Leben zurückkehren.

Der Tag, an dem Jock mir seinen älteren Bruder bei ihrer Grillparty gezeigt hatte, war einer der letzten Tage, an denen ich naiv gewesen war. An jenem Juliwochenende war ich erwachsen geworden, nachdem ich von Macons Plänen erfahren hatte, mich bei einem Geschäftsabschluss als Zugabe zu benutzen. Daraufhin hatte ich angefangen, diesen Schutzwall der

Unnahbarkeit zu bauen, dem ich seitdem Backsteine hinzugefügt hatte. Ich mochte meinen Rock hochheben, aber ich senkte meine Schutzschilde für keinen Mann.

Ich kannte keinen anderen Weg. Macon war seit drei Tagen tot. Die Abläufe im Büro hatten sich noch nicht geändert, aber sie würden sich ändern, wenn ich zurückkehrte. Ich war jetzt CEO und es gab nichts mehr, das mir mein Vater antun konnte. Mir gehörten bereits Firmenanteile und in dem Testament war sein Anteil zwischen seinen Kindern aufgeteilt worden, wobei mir der Großteil der Anteile vermacht worden war. South, East und West wollten nichts mit der Firma zu tun haben.

Ich konnte die Firma endlich auf die Weise leiten, die ich wollte und wie es meine Mutter gewollt hatte. So, wie es hätte sein sollen, da es das Geld ihrer Familie gewesen war, das die Firma gestartet hatte.

Macon war nur der Angestellte gewesen, der sich mit seinem Charme einen Weg in ihr Bett erschlichen hatte, um mich zu zeugen. Er hatte sie in einer lieblosen Ehe gefangen gehalten, in der sie irgendwie noch zwei weitere Male Sex gehabt hatten, um meine Brüder zu zeugen. Bei einer dieser unterhaltsamen Gelegenheiten hatten sie Zwillinge gemacht. Oder vielleicht waren sie gar nicht seine Kinder, wie ich vermutete.

„Du bist in deinem Kopf, Prinzessin."

Jed riss mich aus meinen Gedanken. Es war ironisch, dass er derjenige war, der sich mir anbot. Seine Dienste. Ich hatte oft an ihn gedacht, wenn ich allein gewesen war. Hatte mir die jüngere Version von ihm im Kopf vorgestellt, wenn ich an etwas denken wollte, das von Macon unberührt, unbeschmutzt war.

Wenn ich etwas zum Träumen gebraucht hatte. Und jetzt war er hier.

Damals war ich natürlich zu jung für ihn gewesen. Warum hätte Jed ein siebzehnjähriges Mädchen gewollt? Oder auch nur eines bemerkt, das seinen kleinen Bruder gedatet hatte? Das hatte er nicht. Tatsächlich hatte ich ihn seitdem nicht mehr gesehen. Bis jetzt.

Jetzt. Ich seufzte, während ich jeden Zentimeter von ihm musterte. Obwohl er vor all diesen Jahren schon ein erwachsener Mann gewesen war, wirkte er jetzt noch erwachsener. Er war kräftiger. Muskulöser. Intensiver. Konzentrierter. Das weiße Hemd mit den Druckknöpfen passte ihm wie angegossen und Gott... sogar seine Hände waren heiß.

Ich hatte mich damals nicht geirrt, dass er heiß war, und jetzt war er sogar noch heißer. Anders als vor all diesen Jahren, als er mich wahrscheinlich nicht gesehen hatte, sah er mich jetzt.

Sein whiskyfarbiger Blick betrachtete mich forschend. Wanderte über mich. War dunkel. Als hätte ihm das Leben Mist in den Weg geworfen und er hätte sich damit auseinandergesetzt. Überlebt. Ich fragte mich, was das wohl gewesen war. Was ihm wehgetan hatte. Ob er mir wehtun würde. Nein. Das würde er nicht tun. Er konnte nicht.

Das hier war ein Austausch. Nicht einmal ein fairer. Ich ging nicht für jeden auf die Knie.

Warum tat ich das? Warum zog ich Jeds dreistes Angebot überhaupt in Erwägung? Weil ich zum ersten Mal seit... jemals nicht von meinem Vater kontrolliert wurde. Ich musste nicht über die Konsequenzen nachdenken oder wie meine Taten gegen mich verwendet werden könnten. Dass er nicht nur mir übel mitspielen könnte, sondern auch Jed.

Deswegen hatte ich den Sarg geschlossen, um mir zu beweisen, dass er nicht aus diesem Ding rauskommen würde und schon bald tief unter der Erde läge.

Wenn ich wollte, dass mich Jed Barnett zum Orgasmus brachte, dann konnte ich das haben.

Keine Verpflichtungen. Klar, es war verrückt und vielleicht auch dumm, aber im Moment war es mir erlaubt, beides zu sein.

Er trat näher zu mir, so nahe, dass ich seine Hitze spüren konnte. Seine Hand hob sich und streichelte erneut meine Wange, wobei seine Augen der Bewegung folgten. Ich versuchte, nicht zurückzuweichen. Weigerte mich, das zu tun. Ich würde mir nicht anmerken lassen, dass er mich nervös machte und ich vor langer Zeit über das hier nachgedacht und auf seine Berührung gehofft hatte.

„Ich schlafe nicht mit dir", verkündete ich. Es war eine Sache, das hier zu tun, eine ganz andere, so weit zu gehen. Ich... konnte das einfach nicht.

Aus dieser Nähe konnte ich sehen, wie sich sein Mundwinkel nach oben bog. Ich nahm seinen Geruch wahr. Wintergrün und Kiefernwälder. „Wer hat hier irgendetwas von Schlafen gesagt?", murmelte er mit gesenkter Stimme, als befänden wir uns in einer Blase, in der es nur uns beide gab.

„Ich werde deinen Schwanz nicht reiten", stellte ich klar.

„Machst du immer die Regeln?" Seine Finger glitten durch meine Haare und steckten die Strähnen hinter mein Ohr. Seine Berührung war zärtlich. Ich erwartete, dass er uns umdrehen, mich über den Schreibtisch meines Vaters beugen und *Wer ist jetzt dein Daddy?* sagen würde.

„Immer", blaffte ich und reckte das Kinn.

„Wir tun das nicht hier", sagte er und sah sich um.

„Doch, das tun wir."

„Dein Schlafzimmer sollte mehr Privatsphäre bieten."

Ich wollte keine Erinnerungen an Jed Barnett in meinem Zimmer haben. Ich würde in eines der anderen neun Schlafzimmer umsiedeln müssen, weil ich sonst den Rest meines Lebens mit der Erinnerung daran verbringen würde, was ich nicht haben konnte.

„Niemand wird uns hier drin stören", sagte ich und erklärte das zur Tatsache. Eine Bedingung dafür, dass wir das hier tun würden. Er trat zurück und gab mir Freiraum. Ich holte Luft. Ich war selten nervös, aber mir war auch noch nie zuvor Sex – nein, Orgasmen – angeboten worden. Ein Mann hatte ein oder zwei Mal versucht, mich in einer Bar abzuschleppen, doch das war kein Vergleich zu dem hier. Er hatte mich überrascht und ich mochte keine Überraschungen.

Er nickte. „Werden deine Brüder ein Problem darstellen?"

„Du hast East gesehen. Er wird mit seinem Sandwich im Gästehaus bleiben. South und West habe ich nicht gesehen, aber sie wohnen hier nicht."

„Richtig, nur du und dein Vater in diesem riesigen Haus." Er starrte zur Decke hoch, als könnte er wie Superman durch diese schauen.

„Das ist jetzt mein Haus. Ich tue, was ich will."

Sein Kinn neigt sich nach unten und er mustert mich aufmerksam. „Fickst du mich hier drin, um deinem Daddy eins auszuwischen?"

Ich empörte mich: „Erstens, wir ficken nicht. Zweitens, *Macon*", ich nannte meinen Vater nur bei seinem Namen und das machte ich jetzt deutlich, „ist tot. Er hat sich schon viel zu viel in mein Leben eingemischt." Ich ließ die Tatsache aus, dass er versucht hatte, einen

Deal mit meiner Jungfräulichkeit zu versüßen, und all die Drohungen, die er seitdem gegen mich ausgesprochen hatte. „Wenn du meinen Vater aus dem, was wir tun werden, nicht raushalten kannst, dann wird gar nichts passieren."

Er studierte mich. Entweder hielt er mich für vollkommen verrückt oder zu vernünftig, ich wusste nicht, was zutraf. „In Ordnung. Gib mir das Höschen, Prinzessin."

Er hob seine Hand mit der Handfläche nach oben zwischen uns hoch.

Ich zog eine Braue hoch und warf ihm einen Blick zu, der normalerweise die Eier von Männern auf Rosinengröße schrumpfte. „Ich soll auf dich hören?"

Er seufzte. „Wir können das auch tun, während du dein Höschen anhast, wenn du möchtest."

„Du hast meine Frage nicht beantwortet."

Jetzt bewegte er seine Hand in einem Kreis zwischen uns. „Du scheinst der eigenartigen Annahme zu unterliegen, dass du hier das Sagen hast."

„Ich sagte, ich mache die Regeln."

Er nahm seinen Stetson ab und warf ihn hinter mir auf den Schreibtisch. „Das hast du. Die Regeln sind", er hob einen Finger und begann, sie daran abzuzählen, „wir machen das hier drin." Er hob noch einen Finger. „Wir schlafen nicht miteinander." Und noch einen. „Du reitest meinen Schwanz nicht." Und ein vierter

Finger. „Ich erwähne Macon Wainright nie wieder. Habe ich alle aufgezählt?"

Ich verengte die Augen zu Schlitzen, wütend darüber, dass er mich so gut gelesen hatte. Zu gut, denn er hatte mehr als nur ein gutes Gedächtnis. Er *hörte zu*. Ich wandte mich ab, um davonzustürmen, doch er fing mich um die Taille ein und zog mich nach hinten an sich. Ich spürte jeden harten Zentimeter seines Körpers, einschließlich der dicken Länge seines Penis an meinem Hintern. Sein Unterarm legte sich unter meine Brüste und sein Mund strich über die Seite meines Halses. „Ich werde deine Regeln befolgen", murmelte er. „Aber ich habe das Sagen. Okay?"

Er fragte nach meiner Erlaubnis, damit ich tat, was auch immer er sagte. Er hatte mich gehört und erfüllte meine Forderungen. Konnte ich seine erfüllen?

Ich nickte und wisperte: „Ja."

„Braves Mädchen. Jetzt kannst du das Höschen entweder selbst ausziehen oder ich reiße es dir vom Körper. Deine Entscheidung. Siehst du, wie nett ich bin?"

Ich erschauderte, als sein Atem über meine Haut wehte. Ich war nicht mehr so gehalten worden, seit... jemals. Ich war keine Jungfrau, aber so etwas machte ich nicht. Ich hatte keinen beliebigen, heißen Sex. Oder heißen nicht-Sex. Ich hatte einen örtlichen Service auf der Schnellwahlliste. Milliardärin zu sein, hatte auch seine Vorteile und ich griff häufig auf eine Auswahl heißer Männer zurück, die sich mit mir in einem Hotel trafen. Wenn es mir passte. Nach meinen Regeln. Wir fickten. Ich zahlte. Sie gingen. Keine Verpflichtungen.

Jed schien auch keine Verpflichtungen zu wollen, aber ihn bezahlte ich nicht. Er hatte sich freiwillig gemeldet. Als seine Hand meinen Busen umfing, verabschiedete sich mein Verstand und ich beschloss, dass ich später über alles nachdenken würde.

Jetzt schmolz ich dahin, weil ich ihn spürte. Seine Härte an meiner Weichheit. Er fühlte sich... ungezähmt an. Als würde er sich nur wegen meiner Regeln beherrschen.

„Was darf es sein, Prinzessin?" Seine Hand glitt meinen Körper hinab und seine Fingerspitzen streiften meinen Schenkel am Saum meines Kleides.

„Was, wenn ich das nicht will?", fragte ich plötzlich misstrauisch. Ich wäre vielleicht in der Lage meinen zehn Zentimeter hohen Absatz in seinen Fußrücken zu rammen, aber er war größer und stärker als ich. Niemand würde gerannt kommen, wenn sie mich schreien hörten. Nicht in diesem Haus.

„Du und deine Flinte haben das Haus geleert, Prinzessin. Du hast mir gesagt, dass ich bleiben soll. Ich zwinge mich Frauen nicht auf. Wenn du das hier doch nicht tun willst, sag einfach Nein. Jederzeit, während wir zugange sind."

Ich rührte mich nicht. Ich konnte nicht. Ich konnte

kaum atmen. Ich fühlte mich klein und feminin. Dominiert und er hatte noch gar nichts getan.

Er zog eine dunkle Braue hoch und ließ seinen Blick über meinen Körper gleiten. „Sagst du Nein?"

Ich schüttelte den Kopf.

Nachdem er mein Einverständnis hatte, wanderte seine Hand meinen Schenkel hinauf, wobei sie den Saum meines Kleides mit sich nahm. Es war schmal geschnitten, aber glitt mühelos nach oben, bis es sich über meinen Hüften befand.

Da er so dicht hinter mir stand, konnte er nichts sehen, nur fühlen. Ein Finger hakte sich in das dünne Spitzenband an meiner Hüfte und zog. Es gab nach, als bestünde es aus Seidenpapier. Seine andere Hand ließ sich auf meiner anderen Hüfte nieder und tat das Gleiche auf dieser Seite, woraufhin ich spürte, wie mein Tanga meine Innenschenkel streifte, bevor er ihn vor uns baumeln ließ.

„Du bist die ganze Zeit mit diesem winzigen Fetzen über deiner Pussy rumgelaufen?"

Ich spürte, wie seine Härte beim Sprechen gegen mich stieß. Ihn ließ das Ganze genauso wenig kalt wie mich. Mein Höschen zu sehen, törnte ihn an. Eine Hand entfernte sich, dann kehrte sie zurück, fasste um meinen Körper und umfing mich. Ich hatte keinen blassen Schimmer, wohin mein Höschen verschwunden war, aber ich bockte nach vorne, als ich seine schwieligen Finger an meinem empfindsamsten Fleisch spürte.

„Immer mit der Ruhe", raunte er und knabberte an meinem Ohr. „Du bist wie eine wilde Stute. Du musst nur ein wenig gezähmt werden."

Darüber empörte ich mich und ich verspannte mich in seinen Armen. „Fick dich, Jed."

„Na, na", tadelte er. „Du hast gesagt, dass du meinen Schwanz nicht reiten wirst."

Ich knurrte.

„Schh", flüsterte er, während er anfing, mich zu streicheln. „Ganz nackt und tropfnass. Du brauchst das hier, Prinzessin."

Ich schüttelte den Kopf, da ich anderer Meinung war. Ich mochte nicht, wie er mich kontrollierte, wie mühelos ich auf ihn reagierte. Deshalb leistete ich Widerstand. „Ich brauche das überhaupt nicht."

Doch das tat ich. Ich brauchte es *wirklich*.

Er trat einen Schritt nach vorne, wobei er mich mit sich zog und gegen die Tischkante presste. Eine Hand befand sich nach wie vor zwischen meinen Beinen, die andere drückte auf meinen Rücken und beugte mich nach vorne. Ich legte meine Hände auf die kühle Oberfläche, um mich zu wappnen.

Jed schob meine Beine mit einem Fuß auseinander. „Deine Pussy sagt etwas anderes."

„Meine Pussy hat nicht die Kontrolle über mich", giftete ich.

Als er seine Hand wegzog, unterdrückte ich ein Wimmern, indem ich mir auf die Lippe biss. Aber seine Hand fand mich erneut, dieses Mal von hinten. Er streichelte mich nicht mehr.

Er penetrierte mich mit einem dicken Finger, was dadurch erleichtert wurde, dass ich so feucht war. Ich ging auf die Zehenspitzen, streckte den Po raus und keuchte.

„Das ist eine Schande. Diese perfekte Pussy sollte das Kommando haben. Sie braucht Aufmerksamkeit."

Daraufhin beugte er sich über mich. Ich spürte, wie sich seine Jeans gegen meinen nackten Po presste und seine Brust auf meinen Rücken, sodass er mir erneut direkt ins Ohr raunen konnte.

Er leckte es. Knabberte am Ohrläppchen.

Er fickte mich mit dem Finger, dann fügte er noch einen hinzu, während er meine Klit mit dem Daumen fand und mich so stimulierte. Es fühlte sich so gut an. Gott, mir war heiß und alles kribbelte, während meine Pussy von einem Virtuosen gespielt wurde. Und das machte mich sauer. Das sorgte dafür, dass ich wieder zu denken begann, weil er es gewagt hatte, mich einfach so nach seinem Willen zu beugen.

„Wo bist du hingegangen, Prinzessin?"

Obwohl ich gerötet war und keuchte, widersetzte ich mich ihm. „Du benutzt mich."

Seine Finger erstarrten in mir und ich wimmerte.

„Wie zum Henker kann es sein, dass ich dich

benutze, wenn ich deinen G-Punkt massiere, bis du auf meiner Hand ausläufst?", fragte er.

„Warum tust du das? Was willst du von mir?" Meine Stimme war ein Jammern, meine Emotionen roh und entblößt wie ein Nerv bei einem faulen Zahn. Ich starrte auf seinen Stetson und wusste, dass er kein Bürohengst war. Kein reicher CEO, der darauf anspielte, dass er aus Montana war. Jed Barnett war ein waschechter Cowboy. Roh und ungeschliffen bis in den Kern seines Seins.

„Ich gebe, North. Ich nehme nicht." Seine Stimme war ruhig. Unaufgeregt. Er hatte dieses herrische Kratzen verloren.

Ich schüttelte den Kopf und schaute über meine Schulter zu ihm. „Jeder will etwas."

Seine Augen weiteten sich überrascht, dann wurden sie schmal, als hätte er etwas beschlossen. Er stieß diese geschickten Finger in mich und krümmte sie über meinem, jepp, meinem G-Punkt, den kein anderer Mann bisher gefunden hatte.

„Wenn wir dieses Gespräch führen, während ich dich fingere, dann mache ich es nicht richtig. Du wirst kommen, Prinzessin. Du hast keine andere Wahl, außer du sagst das Wort Nein."

„Ich mag es nicht, wenn ich nicht die Kontrolle habe."

„Das merke ich, aber du hast die Kontrolle. Wenn du Nein sagst, endet das hier. Du bist von dem hier klatschnass, weil du dich mir hingegeben hast. Es ist nichts verkehrt daran, wenn einmal jemand anderes die Kontrolle über dich hat. Dein Geheimnis ist bei mir in Sicherheit."

Sein Daumen fand erneut meine Klit und ich schlug mit meiner verschwitzten Handfläche auf den Schreibtisch, während meine Gedanken den Kampf verloren. Er war zu geschickt darin. Es fühlte sich zu gut an.

Ich war nah dran, direkt am Abgrund. Ich schwebte dort, wimmerte. Stöhnte.

„Gib es mir", flüsterte er.

Ich schüttelte den Kopf. „Ich kann nicht."

„Du wirst", drängte er.

Ich drehte den Kopf und begegnete seinem dunkeln Blick. Sah das Verlangen dort und das Begehren, das ihn dazu antrieb, mich zu befriedigen.

Er dachte, ich würde gegen ihn ankämpfen. Das tat ich auch oder zumindest hatte ich es getan, bevor es sich zu gut angefühlt hatte, bis ich mit ihm dorthin gegangen war, wohin auch immer er mich brachte.

„Ich *kann nicht*", wiederholte ich und nach einer Sekunde verstand er.

Ich konnte von einem Mann nicht kommen. Nicht so. Ich war nie dazu in der Lage gewesen. Ich hatte Orgasmen gehabt, aber die hatte ich mir selbst geschenkt. Selbst bei einem Kerl, der so geschickt war wie Jed, konnte mein Körper nicht dorthin gelangen.

Manche Männer bemerkten es nicht einmal. Andere wurden wütend, weil sie dachten, ich müsste sogar das kontrollieren, aber wenn ich einen Orgasmus wollte, musste ich ihn mir selbst verschaffen. Deswegen hatte ich Männer aufgegeben, abgesehen von den Escort-Boys. Männer, die taten, was auch immer ich wollte, und die nicht wütend wurden, wenn ich mich selbst zum Höhepunkt brachte, während sie mich fickten.

Bis auf Jed.

„Kannst du allein kommen?"

Ich nickte.

Jed packte mein rechtes Handgelenk und führte es nach unten zwischen mich und den Schreibtisch, wo er meine Hand auf meine Pussy legte. „Bring dich dorthin. Ich werde helfen." Ich spürte seine Finger in mir, die mich spreizten, dann zog ich meine leicht zurück, sodass sie auf meiner Klit ruhten.

Während er meinen G-Punkt stimulierte, ihn auf irgendeine magische Weise massierte und drückte, bearbeitete ich meine Klit mit den Fingern, indem ich sie auf genau die Art umkreiste, die mich zum Ziel bringen würde.

„Fuck, das ist so heiß", sagte er, was die Scham vertrieb und mich dazu motivierte, zu kommen.

Ich warf den Kopf nach hinten und stöhnte leise und tief, als mich der Orgasmus überrollte. Die G-Punkt-Stimulation in Verbindung damit, dass meine Klit bearbeitet wurde, war so intensiv. Meine Handfläche rutschte auf dem Tisch ab, woraufhin mich Jed hochhob und festhielt, während ich kam und kam.

Erst, als ich in seinen Armen erschlaffte, zog er seine Finger aus mir. Meine eigenen waren feucht und klebrig, weil ich mich selbst berührt hatte, und meine Stirn war verschwitzt.

Er hielt mich fest, während ich um Atem rang.

„Noch einmal", murmelte er. Als er mich dieses Mal herumwirbelte und hochhob, sodass ich auf dem Schreibtisch saß, erhob ich keine Einwände. Als er eine Hand zwischen meine Brüste legte und mich dazu brachte, mich nach hinten auf die harte Oberfläche zu legen, das Kleid um die Taille gerafft, sagte ich kein Wort. Als er meine High Heels hoch und über seine Schultern hob und sich auf den Boden kniete, stöhnte ich nur. Dann packte ich seine Haare und hielt mich während des Ritts fest, als er mich mit seinem Mund verwöhnte. Es war für ihn völlig in Ordnung, dass ich mit meinen Fingern nachhalf.

Einige Stunden später, als meine Brüder und ich meinen Vater auf dem Familienfriedhof beerdigten, merkte der Pfarrer an, wie entspannt ich aussah.

Vielleicht hatte Jed recht. Orgasmen, die vom heiligen Gott genehmigt wurden, waren die richtige Vorgehensweise.

3

ED

Ich marschierte in Marshalls Büro und ließ mich ihm gegenüber auf einen Sessel fallen. Daraufhin nahm ich meinen Hut ab. Er saß hinter seinem Schreibtisch und telefonierte. Ich hob den Fuß und legte ihn auf mein gegenüberliegendes Knie, lehnte mich lässig nach hinten und nahm meine übliche gleichgültige Haltung ein.

Das war nicht vorgetäuscht.

Ich war dreißig Minuten zu spät für unser vereinbartes wöchentliches Treffen. Absichtlich.

John Marshall war in manchen Kreisen als Held

bekannt. Ein Retter von Arbeitsstellen. Der Wiederbeleber von Städten. In Wahrheit stellte er Leute an, um den Staat zu zerstören. Holzfällerei, Bohrarbeiten, Bergbau, Fracking. Wenn es dem Planet schadete, dann tat er es.

Klar, das schaffte in abgelegenen Städten Arbeitsplätze, aber während sie dieser Arbeit nachgingen, verschmutzten Männer und Frauen das Wasser, das ihre Kinder tranken. Sie verbrauchten die natürlichen Ressourcen und störten das Ökosystem. Der Gehaltscheck mochte für Essen im Bauch ihrer Kinder sorgen, aber wenn diese Kinder erwachsen wurden, würde nichts mehr übrig sein, von dem sie leben könnten.

Er brachte Montana um.

Und er kam damit durch.

Ihn interessierte das Gesetz nicht. Das Einzige, das er erhielt, war eine Geldstrafe und dann machte er sich wieder an die Arbeit. Es half, Verbündete zu haben.

Verbündete wie Macon Wainright, dem mehr Land als irgendjemandem sonst im Staat gehörte. Das und eine Wagenladung Geld verliehen ihm Macht.

Sie hatten sich getroffen und Deals ausgehandelt. Marshall erledigte mehr oder weniger die Drecksarbeit für Wainright.

Seit ich aufs College gegangen war, war ich nicht länger als eine Woche am Stück nach Montana zurückgekehrt, abgesehen von der Beerdigung meiner

Eltern. Ich hatte in Virginia oder DC gelebt und vergessen, wie besonders der Big Sky Staat tatsächlich war.

Die Ruhe. Kein Gehetze. Offenes Land so weit das Auge reichte. Zur Hölle, sogar Familie.

Bis zu dieser verdeckten Ermittlung. Ich war jetzt für immer „zurück" oder zumindest machte es für alle den Anschein. Vielleicht sogar für mich.

Ich ersetzte verrottete Zierleisten am Haus. Reparierte kaputte Zäune. Ölte quietschende Türen. Ich reparierte alles, das vernachlässigt worden war, weil das Haus leer gestanden hatte. Mir *gefiel* es hier. Jetzt, da ich North gesehen und sie berührt hatte, war ich geliefert.

Fuck. Was für ein Schlamassel. Ich leckte mir über die Lippen, weil ich mich an ihren Geschmack erinnerte und fragte, ob ich wohl das letzte Mal von ihr gekostet hatte.

Das FBI hatte an Wainright wegen allem von öffentlicher Korruption – Bestechung von Staatsbeamten und sogar Beamtenbedrohung – bis hin zu Wirtschaftskriminalität wie Geldwäsche und anderer spaßiger Dinge Interesse gehabt. Falls North von alldem wusste, würde ich sie in Handschellen legen. Falls sie unschuldig war, würde ich das zwielichtige Arschloch sein, sowie sie ein paar Erkundigungen über mich einholte.

Mein Handy vibrierte in meiner Tasche und da

Marshall beschäftigt war, zog ich es heraus. Meine Chefin.

Brauche ein Update bezüglich der Zaunpfostenlieferung.

Für irgendeinen Montaner, der die SMS las, würde es den Anschein machen, als würde ich ein Sommerprojekt in Angriff nehmen. Für mich bedeutete es, dass Direktorin Amy Sprouse wollte, dass ich mich bei ihr meldete und darüber Bericht erstattete, was ich erfahren hatte, nachdem ich Kontakt mit North hergestellt hatte. Ich blickte Marshall in die Augen, während er am Telefon sprach. Deswegen war ich hier in seinem Büro.

Ein Update. Meine Chefin würde sich wohl oder übel hinten anstellen müssen.

Schließlich knallte Marshall das Telefon auf die Gabel, dann stützte er die Unterarme auf seinem Schreibtisch ab und musterte mich. Er war sechzig, übergewichtig und bekam eine Glatze. Er sah wie Wimpy aus *Popeye* aus. Das Einzige, das fehlte, war der kleine braune Hut. Schweiß stand ihm auf der Stirn, sogar in dem klimatisierten Gebäude.

„Nun?", fragte er und seine buschigen Augenbrauen hoben sich.

„Möchtest du jedes einzelne Detail wissen?", erkundigte ich mich.

Ich sah das widerliche Interesse in seinen Augen.

„Ich bin überrascht, dass sie für einen Kerl wie dich die Beine breitgemacht hat."

Da alle in der Gegend wussten, dass ich im College vom FBI rekrutiert worden war – das Kleinstadtleben hatte seine Nachteile – konnte das als Teil einer Undercover-Persona nicht geheim gehalten werden. Ich hatte eine Vergangenheit, die sich nicht ändern ließ. Also hatte das FBI eine neue Version meiner Gegenwart erschaffen. Die Geschichte lautete, dass ich vorgehabt hatte, mich von den Bösewichten bezahlen zu lassen, die ich zu fangen versucht hatte. Diese Bösewichte waren zwar gefangen und deswegen sowie anderer zwielichtiger Dinge verurteilt worden, aber ich war unehrenhaft entlassen worden. Weil ich beinahe zwanzig Jahre gedient hatte und nichts Illegales getan hatte... noch nicht, war ich nicht mit ihnen verurteilt worden. Nachdem ich mit eingeklemmtem Schwanz nach Montana zurückgekehrt war, kümmerte ich mich jetzt um die Ranch meiner Eltern.

Es waren sorgfältig einige Hinweise bezüglich meiner Rückkehr gestreut worden und Marshall hatte mich sofort eingestellt. Korrupt stellte Korrupt ein. Seitdem war ich undercover.

Deswegen war ich an Marshall und Norths Vater gebunden. Auf schlimme Art. Ich erledigte Marshalls Drecksarbeit und kümmerte mich um Deals mit Kerlen wie Wainright, die den Staat zerstörten. Die Tiere töteten und Wälder abholzten.

Es war offensichtlich, dass North noch nicht hinter diesen Teil gekommen war. Hätte sie es gewusst, hätte sie mir mit ihrer Flinte bestimmt ein Loch in den Schädel gepustet, anstatt mir zu erlauben, sie zu lecken.

Es war eine Sache, wenn ich daran dachte, wie sie über den Schreibtisch ihres Vaters gebeugt gewesen war, eine vollkommen andere, wenn Marshall sie mit diesem beschissenen Geschwafel herabwürdigte. North war kein billiges Flittchen, das er in einem dubiosen Hotel fickte. Ich konnte mir noch keinen Reim auf sie machen, aber sie verdiente diese Worte nicht.

In den zwei Tagen seit der Totenwache und Beerdigung ihres Daddys hatte ich nicht aufgehört, an sie zu denken. Zwei Tage, seit ich meine Finger in ihr gehabt hatte und meinen Mund auf ihrer Pussy.

Ich spürte noch immer, wie sich ihre Wände um mich verkrampft hatten. Sah die Panik in ihren Augen, als ich sie nah an den Höhepunkt herangebracht hatte, dann den Frust, als sie ihn nicht zulassen hatte können.

Ich war Manns genug, ihr zu erlauben, ihre Klit zu stimulieren, bis sie kam. Oh, ich würde sie ohne Hilfe zum Kommen bringen. Bald. Aber damals? In jenem Moment? Das Ziel war nicht, sie zu brechen. Das Ziel war, dass sie Dampf ablassen konnte, denn es machte nicht den Anschein, als hätte sie irgendeine Gelegenheit, das zu tun.

Hatte sie jemals Spaß? Ließ sie jemals in ihrer Wachsamkeit nach?

Sie steckte so tief in ihrem Kopf fest. Deswegen war es so verdammt unglaublich gewesen, als sie gekommen war. Wie sie losgelassen und sich mir hingegeben hatte, wenn auch nur für wenige Sekunden.

Ich würde das wieder kriegen. Ich würde alles von ihr kriegen, denn jetzt wusste ich, wie sie aussah, wenn sie losließ. Wenn sie sich mir hingab.

Denn sie würde mein werden.

Er lehnte sich zurück und lachte. „So ist es also, was?"

Ich knirschte mit den Backenzähnen, denn mir wurde bewusst, dass mein Ziel, North Wainright für mich zu gewinnen, ein kompliziertes war. Ich durfte mir nicht anmerken lassen, dass ich echtes Interesse an ihr hatte.

„Ich bin kein Kind. Was ich mit meinem Schwanz mache, ist meine Angelegenheit", blaffte ich und versuchte, das Thema in eine andere Richtung zu lenken.

„Solange du es mit North Wainright *machst*."

„Du möchtest, dass sie redet. Du willst, dass ich sie dazu bringe. Wie ich das erreiche, steht nicht zur Diskussion."

Wie sollte ich ihm die Informationen besorgen, die er wollte, während ich zugleich die Frau bekam?

Er hielt die Hände hoch, als wolle er mich abwehren. „Ich habe Millionen in diesen Deal investiert, weshalb ich auf den neuesten Stand gebracht werden will. Du kannst deinen Schwanz aus den Berichten raushalten."

Das war der einzige Spielraum, den er mir gewähren würde.

„Ich war auf der Todeswache ihres Vaters", erinnerte ich ihn. „Es ist nicht so, als wäre sie in der Stimmung gewesen, über Geschäftliches zu reden."

„Bei der Frau geht es *nur* ums Geschäft."

Der Meinung war ich auch. Das Kleid, die High Heels. Das kalte Auftreten. Wäre ich ihr nicht unter die Haut gegangen, hätte ich mich gefragt, ob sie Eier hatte.

Ich befand mich seit drei Monaten in Marshalls „Dienst". In dieser Zeit war ich Macon Wainright begegnet, jedoch nicht in der Lage gewesen, Beweise für seine Verbrechen zu sammeln. Der Kerl war ein Arschloch gewesen und hatte niemandem vertraut. Nicht einmal seiner Tochter. Deswegen hatte mich das FBI stattdessen undercover zu Marshall geschickt, um Wainright auf diese Weise zu erreichen. Es hatte funktioniert, aber dann war er gestorben. Diese Nachricht hatte ich zunächst nicht fassen können. Fünfundfünfzig Jahre alt und ein massiver Herzinfarkt.

Ich hatte gedacht, der Fall wäre zu Ende, doch nein. Meine Chefin hatte mich nur auf ein neues Ziel angesetzt.

North.

„Dieser Deal muss zu einem Abschluss gebracht werden. Ich sollte eigentlich nur rein und wieder rausgehen. Ruckzuck. Dass Wainright gestorben ist, hat alles vermasselt. Ich habe das Land für ihn gekauft und er muss mich noch dafür bezahlen." Er streckte seine Finger aus und deutete wie Uncle Sam auf mich. „North muss mich bezahlen."

Er hatte ein riesiges Grundstück an der kanadischen Grenze erworben, das Wainright gewollt hatte. Der Deal hatte vorgesehen, dass Wainright es ihm als Naturschutzpark abkaufte – zu einem höheren Preis, was Marshalls Bezahlung für seine Beteiligung gewesen wäre. Eine gigantische Steuerabschreibung für Wainright Holdings. Doch demzufolge, was Marshall mir erzählt hatte, saß ein Holzfällerunternehmen in den Startlöchern und wartete nur darauf, das Land zu pachten und die unberührten Wälder, die darauf wuchsen, abzuholzen. Tagebau und anderer Scheiß, nachdem die Bäume aus dem Weg waren. Der Profit für Wainright wäre riesig.

„So viel zum Thema Naturschutzpark", brummte ich.

Marshall ereiferte sich: „Naturschutzpark? Wer interessiert sich schon für Natur. Ich will, dass dieses

Land verkauft wird. Ich will mein Geld!" Er schlug mit der Hand auf den Schreibtisch.

„Warum ist dir dieser Deal mit Wainright so wichtig? Dein Scheck wird von Wainright Holdings Wohltätigkeitsabteilung ausgestellt werden."

Er schnaubte, was kein netter Laut war. „Die von North geleitet wird. Wenn sie die Wahrheit über die Pläne ihres Daddys erfährt, wird sie alldem einen Riegel vorschieben. Dieses Mädchen verfolgt die grüne Agenda ihrer Momma, obwohl diese Frau schon seit über zwanzig Jahren tot ist, was ein großes, verdammtes Problem ist. Wen interessieren schon ein Fleckenkauz oder Wölfe?"

Er war ein verdammtes Arschloch. „Du weißt nicht, ob sie von dem Kauf zurücktreten wird", sagte ich beruhigend.

„Es ist deine Aufgabe, sicherzustellen, dass die Frau an der entsprechenden Stelle unterschreibt."

Er schaute mich aus schmalen Augen an. Ich nahm an, dass er versuchte, bedrohlich auszusehen, aber es funktionierte nicht.

„Es ist ihre Geschäftsabteilung. Das Programm der Firma, „wir geben zurück", wurde von ihr gegründet. Sie sind für ihre Philanthropie bekannt. Sie weiß bestimmt davon."

Aufgrund dessen, was ich über sie in Erfahrung gebracht hatte, ging ich davon aus, dass sie alles wusste, das auf der Arbeit vor sich ging. Ich musste nicht nur für Marshall, sondern auch das FBI herausfinden, wie stark die neue CEO in Marshalls Deal involviert war. Denn es war durchaus möglich, dass sie genauso tief drinsteckte wie ihr toter Daddy.

Das würde bedeuten, dass ihr eine lange Gefängnisstrafe bevorstünde und ich derjenige wäre, der ihr die Handschellen anlegte. Ich verstand mich selbst nicht und warum ich sie noch immer wollte, obwohl sie möglicherweise schuldig war. Seit ich sie auf der Totenwache gesehen hatte, hatte mein Schwanz das Kommando gehabt, was bedeutete, dass ich in großen Schwierigkeiten steckte. Ich konnte ihr nicht widerstehen.

Ich erhob mich. Es bestand kein Grund, noch länger zu bleiben. Ich hatte ihm die neuesten Informationen geliefert, die praktisch nicht existierten. Er hatte sich aufgeregt und versucht, mir Angst einzujagen, damit ich einen besseren Job machte. Das verriet mir bloß, dass Marshall schuldig war und wir sein Land hatten, um das zu beweisen. Er würde niedergehen, aber nicht bis wir Macon Wainright posthum für seine Verbrechen verurteilt hatten. Ich wusste nur nicht, ob sich seine Tochter ihren Reihen anschließen würde.

„Ich bin dran."

Mehr sagte ich nicht, während ich den Hut wieder aufsetzte und sein Büro verließ.

4
___

North

„Sie haben um elf Uhr einen Anruf mit Mark Andres, Mittagessen um zwölf Uhr im Restaurant, ein Meeting mit dem Vorstand um zwei Uhr. Die Buchhaltung möchte auch dazwischengeschoben werden, weshalb sie ein fünfminütiges Treffen vor Ihrem drei Uhr Anruf mit der Vereinigung der Rinderzüchter haben."

Mein Assistent Julian rasselte die Termine des heutigen Tages herunter, während er auf sein Tablet starrte. Es war mein zweiter Tag im Büro seit der Beerdigung und ich war komplett ausgebucht.

Ich saß an meinem Schreibtisch. Es war nicht das Eckbüro, aber der Raum war groß. Ich schwenkte meinen Stuhl herum, um aus den Fenstern zu schauen. Das Fenster war nach Norden gewandt, weshalb es die Gebäude von Billings zeigte und dann die braunen Kuppen und Felsen in der Ferne. Ich befand mich im vierten Stock und konnte meilenweit sehen. Ich könnte das riesige Eckbüro übernehmen, das mein Vater benutzt hatte, aber daran hatte ich kein Interesse. Dieser Raum war beschmutzt genauso wie alles andere, das er angefasst hatte.

„Hast du das Besprechungsprogramm des Vorstands?"

„Es ist schon in Ihrem Posteingang", erwiderte er.

Ich musste der Gruppe versichern, dass sich bei Wainright Holdings zwar einiges ändern würde, die Veränderungen jedoch zum Besseren waren. Die Firma hatte zu lange unter der rücksichtslosen Fuchtel meines Vaters gestanden. Es war endlich an der Zeit, die Richtung einzuschlagen, die ich wollte. Es würde einige Verweigerer geben, diejenigen, die meinem Vater noch treu ergeben waren, obwohl es ungerechtfertigt war. Sie würden keine Gefallen oder Vorteile oder Boni mehr erhalten. Sie konnten mich theoretisch als CEO abwählen, allerdings war ich die primäre Stakeholderin. Meine Brüder und ich besaßen gemeinsam mehr als fünfzig Prozent der Firma. Ich würde nicht ersetzt werden, weil South, East und West nichts mit dem Laden zu tun haben wollten.

„Du musst anfangen, die Meetings meines Vaters

mit meinen zusammenzulegen. Setz dich mit Janice in Verbindung" – seiner Assistentin, die wahnsinnig loyal war, was bedeutete, dass er sie entweder gevögelt oder gut für ihre Dienste entlohnt hatte oder beides – „um das zu arrangieren."

„Das habe ich bereits getan. Ihr erster Termin sollte jede Minute hier eintreffen." Er sagte mir nicht, dass der Tag nicht genügend Stunden hatte, um mit zwei Terminplänen voller Meetings gefüllt zu werden, denn es musste getan werden. Ich musste mich mit Macons Geschäft befassen und es zu meinem eigenen zu machen. Daher studierte ich meinen Kalender auf dem Tablet in dem Versuch, herauszufinden, wie ich all diese Termine unterkriegen konnte.

„Ruf Mrs. Sanchez an und veranlasse eine Umzugsfirma dazu, das Schlafzimmer meines Vaters vollständig auszuräumen. Sämtliche Möbel, Kleider. Spende es an eine Wohltätigkeitsorganisation."

Die Frau war seit über einem Jahrzehnt die Haushälterin der Ranch. Sie koordinierte das Reinigungspersonal, den Koch, das Essen. Alles, das im Inneren des Haupthauses geschah, wurde von ihr geregelt, damit ich es nicht tun musste.

Mit dem Rest des Hauses würde ich mich später befassen. Dazu zählte beispielsweise die Entfernung all der Tierköpfe, wobei ich das Leben der Tiere ehren wollte, das sie unnötigerweise allein zum Vergnügen meines Vaters gelassen hatten. Er hatte nämlich nicht einmal das Fleisch dieser getöteten Tiere gegessen. Es sollte wenigstens jemand seine Kleider und Schuhe tragen, der sie brauchte. Mein Vater würde sich in seinem Grab umdrehen. Er würde die teuren Stücke vermutlich lieber verbrennen, als sie an jemand anderem zu sehen. Vielleicht war das Rache, was ich tat, aber es fühlte sich leer an. Als würde ich nie gewinnen.

„Ich kümmere mich darum", versicherte mir Julian, der bei meiner Forderung nicht einmal mit der Wimper zuckte. „Das Abendessen mit Ihren Brüdern auf der Ranch bedeutet, dass ich Ihren Ausritt auf Viertel nach fünf gelegt habe."

„Richtig." East war noch nicht nach Bozeman zurückgekehrt, aber hatte sich rar gemacht. Tatsächlich hatten das alle drei getan, was keine Überraschung war. Wir hatten alle beschlossen, heute Abend Zeit miteinander zu verbringen, bevor er abreiste.

„Kann ich Ihnen helfen?"

Ich drehte meinen Stuhl bei Julians Frage herum. Dort in der geöffneten Tür stand Jed Barnett. Bei seinem Anblick zog es in meinem Becken. Gott, er sah so gut aus. Jetzt, da ich wusste, wie er so war – intensiv, fordernd, überraschend zärtlich – freute ich mich, ihn zu sehen.

Nicht, dass ich mir das anmerken lassen würde.

Das Letzte, das ich brauchte, war ein Mann, der dachte, er könnte mich herumschikanieren. Das galt sogar für einen Mann, der mir unglaubliche Orgasmen schenkte.

Ich erhob mich. „Was machst du hier?"

Sein Mundwinkel bog sich nach oben, während sein Blick über mich wanderte. Ich trug wie üblich ein Kleid, das dieses Mal waldgrün war. Er konnte die dazu passenden High Heels hinter dem Schreibtisch nicht sehen.

„Ich bin dein neun Uhr Termin", sagte Jed. Seine tiefe, raue Stimme ließ meine Nippel hart werden.

Komm. Ich erinnerte mich daran, wie sich das eine Wort, das er mir ins Ohr geraunt hatte, geklungen hatte. Ich mochte es nicht, herumkommandiert zu werden, aber fand es heiß, wenn er es tat.

Ich schaute zu meinem Assistenten, der ein wenig überrascht darüber wirkte, dass Jed sich an ihn angeschlichen hatte. Niemand kam an seinem Schreibtisch vorbei... normalerweise. Ich verstand allmählich, dass Jed Barnett anders war.

Er sah auf diese lockere Art entspannt aus, die laut und deutlich verkündete, dass ihm alles egal war. Das es keine Rolle spielte, dass Julian mein Türwächter war. Er kam so oder so rein.

Jeds Stiefel waren poliert, aber seine Jeans sah häufig getragen aus, was bedeutete, dass sie sich so viel besser an seine dicken Schenkel und Hinterteil schmiegte... und an seine Kronjuwelen. Sein Hemd war heute rot kariert und die Ärmel hochgerollt.

Nachdem ich mir einige Sekunden gegönnt hatte, um ihn unverhohlen anzustarren, realisierte ich, dass er der erste Termin war, den Julian erwähnt hatte.

„Du hattest einen Termin mit meinem Vater vereinbart", sagte ich und reckte das Kinn.

„Das hatte ich."

Drei Worte, die alles veränderten. Niemand hatte zum Spaß einen Termin bei Macon Wainright. Es war stets nur ums Geschäft gegangen.

Was bedeutete, dass er sich auf der Totenwache absichtlich auf mich konzentriert hatte. Er hatte nur den Plan verfolgt, mich über den Schreibtisch meines Vaters zu beugen.

Das hatte auch noch funktioniert.

„Danke, Julian", sagte ich und entließ ihn aus dem Raum, aber wandte den Blick nicht von Jed ab.

Julian bedachte Jed mit einem ausdruckslosen Blick, bevor er die Tür hinter sich schloss.

Ich erhob mich, denn ich wollte nicht den Anschein erwecken, als hätte ich keine Macht. Ich hatte gelernt, dass man sich nicht hinsetzte, wenn andere standen. „Du bist ein Arschloch."

Daraufhin zog er bloß eine Braue hoch, während ich um den Schreibtisch trat.

„War das der Plan meines Vaters?", fragte ich.

„Zu sterben, damit ich dich auf seiner Totenwache verführen konnte?", fragte er, womit er meine Worte ins Lächerliche zog.

Ich schüttelte den Kopf. „Du hattest eine Gelegenheit, also hast du sie ergriffen."

Es war subtil, aber ich bemerkte, dass sich sein Kiefer anspannte. Nur eine Sekunde. Fuck.

„Lass mich raten. Der Plan sah vor, mich zu ficken, sodass ich abgelenkt bin und mir irgendein Deal für einen Kumpel entging? Wolltest du dafür sorgen, dass ich mich in dich verliebe, und was dann? Das ist ein bisschen extrem, aber ich habe meinen Vater schon in Aktion erlebt."

Er runzelte die Stirn, aber schwieg.

Ich tigerte hin und her und dachte über alle Optionen nach. Das verschaffte mir eine Minute, in der ich mich zusammenreißen konnte, damit er nicht sah, wie töricht ich mir vorkam. Ich hatte zwei Tage lang an ihn gedacht. Daran, wie er mich berührt hatte. Daran, dass sein männlicher Stolz bestimmt verletzt worden war, weil ich nicht kommen konnte, ohne selbst nachzuhelfen. Kurze Zeit hatte ich geglaubt, dass er anders wäre.

„Oder liegt es daran, dass der Deal mit deinem Dad nicht zustande kam, als ich siebzehn war, und Macon hat es wieder versucht?"

„Wovon zum Henker redest du?", fragte er.

Ich ignorierte ihn. All diese Ideen führten mich zum Pfad der Wahrheit. Ich erstarrte, weil mir klar geworden war, was es war. „Es war nicht er. Du warst es. Du kamst zu der Totenwache, weil du

Rache für das wolltest, was ich deinem Bruder antat."

„Bist du fertig?" Er nahm seinen Hut ab und warf ihn auf einen Stuhl, aber wandte den Blick nicht von mir ab. „Es gibt hier eine Menge zu besprechen. Du denkst, dein Daddy hat mich geschickt, um dich zu ficken?"

Ich verschränkte die Arme und lehnte mich an meinen Schreibtisch.

Er musterte mich, kniff die Augen zusammen und schien sich zu überlegen, was er mit meiner ausbleibenden Antwort tun wollte. Indem er näher trat und seine Hände zu beiden Seiten meiner Hüften auf die hölzerne Oberfläche legte, keilte er mich ein. Dadurch war sein Gesicht direkt vor meinem. Ich konnte das Rot in seinem Bart sehen, die Tiefe seines Blickes.

Ich schluckte. Weigerte mich, wegzuschauen. Ich würde keine Schwäche zeigen.

In seinen Augen sah ich nicht unbedingt Wut. Da war etwas, aber es schien nicht auf mich gerichtet zu sein.

„Ich werde dein Schweigen als Ja auffassen. Dass du so etwas angedeutet hast, bedeutet, dass er es schon einmal getan hat. Ich erinnere mich daran, dass meine Eltern einen Deal für ihr Land abgeschlossen hatten, der jedoch geplatzt ist, aber ich war zur damaligen Zeit in DC. Ich habe vor ihrem Tod nie mehr darüber erfahren. Mit deinem Vater gibt es jetzt keinen Deal, Prinzessin. Das Land gehört mir. Ich würde es wissen."

„Warum bist du dann hier?", fragte ich.

Er trat nicht zurück, gab mir keinen Freiraum. Ich hatte keine Angst vor ihm, aber er machte mich nervös. Ich fühlte mich unwohl, weil er mich tatsächlich anschaute. Mich sah. Zur Hölle, er *hörte* meine Worte.

„Ich arbeite für Marshall Industries. Dein Daddy hatte einen Deal am Laufen. Mit ihnen. Ich bin hier, um für dessen Abschluss zu sorgen."

Ich blinzelte überrascht. Ich kannte John Marshall. Ein echter Widerling. Ich hatte nicht erwartet, dass Jed für ihn arbeitete, aber ich hatte auch nicht über viel mehr nachgedacht, als darüber wie talentiert er mit seinen Händen war. Wie er roch. Wie unglaublich er küssen konnte.

Ich hätte Erkundigungen über Jed einholen sollen, aber ich hatte es nicht getan. Ein dummer Fehler meinerseits.

„Und du dachtest, du würdest das bei der Totenwache tun, während ich über einen Schreibtisch gebeugt bin?"

„Meine Fresse, du hast Probleme. Ich bin zu der Totenwache gegangen, um der Familie mein Beileid auszusprechen. *Vielleicht* um über den Deal zu reden. Aber nach einem Blick auf dich hat sich das alles geändert. Als du noch ein Kind warst, habe ich Distanz zu dir gewahrt, aber jetzt nicht mehr."

Mein Mund klappte auf. Er hatte mich vor all diesen Jahren gewollt.

„Was?", wisperte ich.

„Du hast mich gehört. Ich will dich und ich nehme mir, was ich will."

Ich wusste nicht, ob ich beleidigt sein sollte, weil er so über mich sprach, oder angetörnt. Danach zu schließen, dass mein Slip feucht wurde, war es definitiv Letzteres.

„Ich... ich kann den Marshall Deal nicht mit dir durchsprechen. Ich kenne die Einzelheiten nicht, da ich noch nicht alle Verträge meines Vaters durchgegangen bin", gestehe ich, als würde das erklären, warum meine Gedanken die Richtung eingeschlagen hatten, die sie eingeschlagen hatten, und warum ich mehr preisgegeben hatte, als ich gewollt hatte.

Er stieß sich vom Schreibtisch ab und trat zurück. „Das ist in Ordnung. Wir können uns ein anderes Mal treffen, um das zu besprechen und deine Fragen bezüglich des Vertrags zu beantworten. In der Zwischenzeit möchte ich selbst einen Deal vorschlagen." Er hob seinen Hut auf und ließ sich auf den Stuhl fallen. „Zwischen dir und mir."

Seine langen Beine bedrängten mich, weshalb ich um meinen Schreibtisch ging und mich ihm gegenüber hinsetzte. War das sein Plan gewesen? „Land? Rinder? Ein Kredit?"

Sein Blick wurde schmal. „Heilige Scheiße, Prinzessin. Jeder hat es auf irgendetwas abgesehen, oder?"

„Du nicht?", entgegnete ich, lehnte mich misstrauisch auf meinem Stuhl zurück und fühlte mich plötzlich verletzlich. Ich hatte ihn neulich an mich rangelassen und das *Warum* nicht gründlich durchdacht. Damals nicht und in der Zeit seitdem auch nicht. Ein Fehler meinerseits.

Er beugte sich nach vorne und legte die Unterarme auf seine Schenkel, als würde er mir folgen, weil er keinen Raum zwischen uns verlieren wollte. „Hast du vergessen, wer neulich gekommen ist? Das war auf jeden Fall nicht ich."

Ich runzelte die Stirn. Sein Schwanz war nicht aus seiner Hose geholt worden. Er hatte nicht nach einem Hand- oder Blowjob gefragt. Nichts.

Ich blinzelte. Verloren. „Ich... ich verstehe nicht."

„Ja, das kann ich sehen. Okay, wir werden folgendes tun. Ich werde dir beibringen, jemandem zu vertrauen und diese riesigen beschissenen Mauern zu senken. Denn diese Version, die ich neulich von dir gesehen habe, ohne einen Gedanken in deinem Kopf, ohne Sorgen, nur Lust, war das Hübscheste, das ich jemals gesehen habe."

Ich errötete. Ich konnte nicht anders. Meine Wangen wurden heiß und die Hitze wanderte abwärts zu meinem Oberkörper. Mein gesamter Körper wurde bei seinen Worten warm. Bei seinem intensiven Blick.

Sagte er tatsächlich die Wahrheit?

„Warum?", fragte ich. „Warum tust du das? Du musst einen Grund dafür haben."

„Du meinst Hintergedanken."

Ich hob frustriert die Hände. „Jeder hat die."

„Nicht jeder."

Wir starrten einander an. Ich war... gefangen. Er ergab keinerlei Sinn. Er war wie kein anderer Mann. Ich hatte keine Ahnung, was ich von ihm erwarten sollte, insbesondere nicht, weil er behauptete, er hätte keine Hintergedanken, sondern wollte mich einfach nur.

„Wie lautet der Deal? Dass du mein Fuckbuddy bist? Nein Danke, ich habe schon einen."

Seine Augen wurden schmal. Sein Kiefer mahlte.

„Du hast einen Freund?" Die Worte waren eisig, als wäre er wütend, dass er eine Frau angefasst hatte, die bereits vergeben war.

Ich lachte, nicht weil es den Anschein machte, dass er über ein Ehrgefühl verfügte, sondern weil die Vorstellung, dass ich einen festen Freund hatte, einfach zum Brüllen war. Der letzte Freund, den ich hatte, war sein Bruder. Vor dreizehn Jahren.

„Nein. Ein Termin ohne Verpflichtungen zum Sex."

Seine Augen weiteten sich und er betrachtete mich, als wären mir Hörner gewachsen.

„Das ist ziemlich traurig."

Ich empörte mich. Falls er vorhatte, mir damit wehzutun, dann hatte er das geschafft. „Warum darf sich eine Frau nicht nehmen, was sie will, ohne irgendwelche Verpflichtungen einzugehen?", giftete ich.

„Daran ist nichts verkehrt, aber das bist nicht du."

Ich lachte wegen der Vorstellung, dass er mehr über mich wusste als ich. „Oh doch, das bin ich."

Er erhob sich und ragte über mir auf. „Nein, das bist du nicht. Wenn du Sex willst, dann hol ihn dir von jemandem, der dich für mehr als eine reine Geschäftstransaktion hält. Und du nimmst auch keinen der Vibratoren, die du erwähnt hast."

Ich legte den Kopf auf die Seite. „Und das bist du?"

„Ich sehe dich, Prinzessin."

Ich erstarrte. Mir stockte der Atem. Ich blinzelte nicht einmal. *Er sieht mich.* Ich war mir nicht sicher, ob das gut oder das Furchterregendste aller Zeiten war, denn niemand sah mich.

Jemals.

Ich leckte mir über die Lippen und sein dunkler Blick senkte sich, um die Bewegung nachzuverfolgen. „Was... was schlägst du vor?"

Fuck, ich hasste es, dass meine Stimme kurz stockte.

„Diese Pussy gehört mir." Er sah nach unten, als könnte er sie durch meinen Schreibtisch sehen. „Zur Hölle, ich weiß nicht einmal, warum wir dieses

Gespräch führen. Du hast sie mir neulich gegeben. Ich teile nicht. Auf gar keinen Fall kannst du jetzt losziehen und dich mit irgendeinem... Escort treffen."

Er hatte recht. Ich verzehrte mich nach ihm und das hatte ich nicht getan seit... jemals. Hatte ich mich all diese Zeit nach ihm gesehnt? Hatte ich Jed Barnett immer gewollt, seit ich ihn das erste Mal gesehen hatte?

Vielleicht ließ ich mir ein paar Emotionen anmerken oder er war irgendwie ein Pussyflüsterer, denn sein Mundwinkel bog sich nach oben.

„Wir werden ficken, bis du die Nase voll von mir hast. Deine Regeln, Prinzessin."

Meine Augen weiteten sich. „Meine Regeln?"

Jetzt grinste er offen. Seine geraden weißen Zähne hoben sich von seinem dunklen Bart ab. „Deine Regeln, aber ich habe das Sagen, weißt du noch? Ich werde jede einzelne dieser Mauern niederreißen, die du errichtet hast. Jetzt gib mir das Höschen."

Ich sah mich um, als könnten die Leute, die für mich arbeiteten, durch die geschlossene Tür schauen. „Was?"

Er kam um den Schreibtisch und zog an mir so, dass ich direkt vor ihm stand. Dann drehte er sich so, dass ich zwischen ihm und meinem Schreibtisch eingesperrt war.

„Du vertraust nicht. Das kann ich sehen."

„Ich –" Er legte einen Finger auf meine Lippen.

„Du musst mir in Bezug auf eines vertrauen. Dass ich dir nicht wehtun werde."

Das war eine große Sache. Er würde mir nicht wehtun? Wer hatte das nicht getan? Selbst meine Brüder hatten das unwissentlich getan.

„Nicht, wenn wir so zusammen sind. Du vertraust mir deinen Körper und deine Lust an. Ich werde dich beschützen. Niemand wird dir schaden, wenn du mit mir zusammen bist. Niemand wird dich sehen. Niemand wird die Person sehen, die du so angestrengt zu beschützen versuchst."

Er zog seinen Finger weg, aber ich konnte ihm nicht sagen, dass er sich verpissen sollte. Ich konnte nichts tun, außer seinen Namen zu sagen.

Seine Augen weiteten sich, weil er die Schwäche in meiner Stimme hörte. Die... Hoffnung, dass er nicht log.

„Ich weiß nicht, was das zwischen uns ist", fügte er hinzu. „Ich habe keine verdammte Ahnung, aber ich habe keine Angst, es herauszufinden. Gib dich mir hin, weil ich da auch getan habe. Gib dich mir hin, North, weil du es magst."

Er sagte meinen Namen anstatt Prinzessin.

Wieder *sah* er mich irgendwie, als er mich anschaute. Als wäre ich mehr als nur eine Wainright. Mehr als nur mein Bankkonto. Mein Land. Meine geerbte Macht.

Ich hatte auch keinen blassen Schimmer, was das

zwischen uns war. Ich spürte es. Elektrizität. Chemie. Etwas Unerklärliches und nicht Greifbares. Ich konnte das Gefühl nicht fassen, aber ich konnte nach ihm greifen. Hoffen, dass er mich auffangen würde, weil ich das Gefühl hatte, als würde ich fallen.

Ich war die neue North Wainright. Ich stand nicht mehr unter der Fuchtel meines Vaters. Er würde nicht davon erfahren, dass Jed die vergangenen zehn Minuten in meinem Büro war. Dass wir etwas Neues beginnen würden, etwas, hinter dem keine Absicht stand. Denn es machte nicht einmal Sinn.

Mein Vater würde mir das hier nicht vorhalten und mich nicht damit erpressen können.

„Okay."

Er hatte geduldig gewartet. Als sich seine Augen überrascht weiteten, machte es den Anschein, als hätte er damit gerechnet, ich würde ablehnen. Ihm mein Knie in die Eier rammen oder seinen Fuß mit meinem Stiletto durchbohren. Er hatte anscheinend mit allem gerechnet, nur nicht damit, dass ich mich ihm unterwerfen würde.

Indem er sich nach vorne beugte, küsste er mich. Seine Lippen streiften meine nur hauchzart, dann wich er zurück. „Jetzt gib mir dieses Höschen."

„Ich werde in meinem Büro keinen Sex mit dir haben", verkündete ich.

„Falls das eine Regel ist, in Ordnung. Aber falls du nur Nein sagst, weil du denkst, du hast hier das Sagen, dann werde ich diesem Scheiß jetzt gleich ein Ende bereiten. Falls ich dich hier auf den Knien haben will, damit du mir den Schwanz blasen kannst, dann wirst du das tun. Falls ich dich über deinen Schreibtisch beugen will, dann werde ich das tun."

„Du bist ein Arschloch", schimpfte ich, aber erhob keine Proteste.

Das merkte er, denn er sagte: „Vielleicht, aber ich mache dich feucht. Willst du wissen warum?"

Ich wölbte nur eine Braue. Junge, ich wollte das hören. „Weil es dir gefällt, wenn man dir sagt, was du tun sollst. Aber ich würde nie etwas tun, um dir wehzutun oder dich zu demütigen. Dazu zählt auch, dass dich niemand in deinem Büro auf eine Art sehen wird, die du als Schwäche erachtest. Denk daran, auch wenn du für mich auf die Knie gehst, Prinzessin, hast du alle Macht."

Ich starrte ihn an. Er hatte recht. Ich könnte ihn rauswerfen. Nein zu ihm sagen. Zur Hölle, ich könnte ihn wegen irgendeinem dämlichen Mist verhaften lassen, weil mein Nachname einflussreich war. Was auch immer wir taten, geschah, weil ich es zuließ.

„Ja, du bist klug", fuhr er fort. „Du weißt genau, was ich meine. Jetzt gib mir dieses Höschen."

Er trat zurück und ich verlor seine Hitze.

Innerlich murrte ich. Plante sein Ableben. Hasste ihn abgrundtief. Unterdessen griff ich jedoch unter mein Kleid und zerrte meinen Slip nach unten und von meinen Beinen. Anschließend übergab ich ihn ihm.

Er starrte die lavendelfarbige Spitze an, die in seinen langen, von der Arbeit in Mitleidenschaft gezogenen Fingern so feminin wirkte. Daraufhin stopfte er sie in seine Hemdtasche.

„Ich sehe dich später, Prinzessin."

Ich beobachtete, wie er den Raum durchquerte.

„Warte! Das ist alles?" Ich biss mir auf die Lippe, als mir bewusst wurde, dass ich verzweifelt klang. Ich gab mich *nie* verzweifelt, weil mich das schwach wirken ließ. Und die Schwachen wurden zu Opfern. Dennoch musste ich es wissen. „Du erwartest von mir, dass ich... dass ich einfach ohne Slip arbeite?"

Er zwinkerte. „Du wirst an nichts anderes denken können. Man sieht sich."

Damit drehte er sich um und ging. Ich starrte auf die geöffnete Tür, leicht verwirrt, was gerade passiert war, während ich kühle Luft an meiner Pussy spürte. Seiner Pussy, die, die sehr, sehr feucht war.

Ich ging zur Tür und befahl Julian: „Besorg mir alles über Jed Barnett, das es zu finden gibt. Und finde heraus, welchen Deal mein Vater mit John Marshall eingegangen ist."

5

ED

„Was ist zwischen dir und North Wainright vorgefallen?", fragte ich und veränderte den Griff um das Lenkrad. Ich hatte mein Handy in die Halterung am Armaturenbrett geklemmt und es auf Lautsprecher geschaltet, als ich aus der Stadt fuhr.

„North?", fragte mein Bruder. „Gott, das war vor langer Zeit."

Ich hatte zwar ihr Höschen in meiner Tasche, wusste jedoch nur wenig über die Frau. Und ich hatte Nachforschungen zu ihrer Person angestellt. Die Onlinerecherchen mithilfe verschiedener FBI-Datenbanken hatten nicht viel ergeben. Sie hatte einen Führerschein und mehrere Autos waren unter ihrem Namen registriert, aber um in vernünftiger Zeit von der Ranch zum Hauptbüro in Billings zu gelangen, nahm sie einen Helikopter.

Einen beschissenen Helikopter. Was bedeutete, dass es keine Strafzettel für zu schnelles Fahren oder Falschparken gab.

Auf die Firmen-E-Mails und Akten konnten wir ohne einen Durchsuchungsbefehl nicht zugreifen und ich konnte ihr keinen vorlegen, ohne meine Tarnung auffliegen zu lassen. Sie hatte keine Profile in den Sozialen Medien und ihre persönlichen E-Mails waren auf den Austausch mit denjenigen begrenzt, die für die Familie arbeiteten. Die Wainrights hatten einen Ranch-Manager, der sich um das Land und die Außengebäude kümmerte. Das war eine große Aufgabe, weshalb ihm sieben Vollzeit-Angestellte unterstanden. Im Sommer musste das Gras gemäht werden, den Rest des Jahres musste Schnee geschippt, Zäune repariert und die Ställe geleitet werden. Es gab auch eine Haushälterin, eine Frau, die sich um alles kümmerte, das im Inneren des Wainright Heimes anfiel sowie im Gästehaus. Das schloss Reinigungskräfte, einen Koch, die Organisation von Caterern für die Totenwache sowie Instandhaltungsmaßnahmen mit ein. Vermutlich hängte sie sogar die Weihnachtslichter auf.

North hatte keine Zeit, in den Laden zu gehen und

Snacks oder Kloreiniger zu kaufen. Jemand fütterte sie, machte ihr Bett, wusch ihre Kleider, hielt ihr Auto in Stand... zur Hölle, ihren Helikopter. Nach dem zu schließen, was sie gesagt hatte, wurde sie sogar *sexuell* bedient.

Es lag nicht daran, dass sie eine verzogene Göre war, sondern daran, dass sie arbeitete. Die ganze verdammte Zeit.

Das Einzige, das ich herausgefunden hatte, war, dass sie ein kleines Schuhkaufproblem hatte. Und da jedes Paar, das ich an ihren Füßen gesehen hatte, zehn Zentimeter Absätze hatte, wurde das anscheinend alles online erledigt. Diese Schuhe wurden in Montana nicht verkauft. Ich mochte diese High Heels. Ich mochte sie in den Schuhen. Ich mochte es, als ich sie neulich über meinen Schultern hatte.

Ich rutschte auf dem Sitz hin und her.

„Sie hat mit dir Schluss gemacht?", fragte ich Jock.

Ich konnte Lärm im Hintergrund hören. Das war entweder Tyler oder Jamie, meine Neffen, und nach dem Geräusch von Wasserspritzen zu schließen, waren sie in der Badewanne. Für eine Familie mit kleinen Kindern war Badewannenzeit.

„Das hat sie", bestätigte er.

„Ich dachte, zwischen euch wäre es so heiß hergegangen." Der Gedanke an sie mit Jock ließ mich rotsehen, obwohl es vor über einem Jahrzehnt gewesen war. Bei der Totenwache hatte sie gesagt, dass sie überrascht wäre, dass ich die ausrangierte Freundin meines jüngeren Bruders wollte. Das bedeutete, dass sie sehr wahrscheinlich gevögelt hatten.

Ich hatte den Tag damit verbracht, die Escort-Agentur zu suchen, die sie für ihren *Termin zum Sex ohne Verpflichtungen* nutzte. Ich glaubte nicht, dass sie gelogen hatte, als sie mir das erzählt hatte. Welche Frau würde so etwas zugeben, wenn es nur eine Lüge war?

Ich hatte die Agentur angerufen, behauptet, ich wäre ihr Assistent Julian, und all ihre ausstehenden Termine abgesagt. Sie würde sich nie wieder mit *Brad* treffen, nicht wenn ich in der Nähe war, um ihr zu geben, was auch immer sie brauchte.

Als ich der Frau erzählt hatte, dass Miss Wainright jetzt eine Beziehung führen würde, hatte sie sich für sie gefreut. Anders als North, die mir, wenn sie herausfand, was ich getan hatte, die Milz mit einem Buttermesser rausschneiden wollen würde.

„Nun, was eben für Siebzehnjährige heiß ist", erwiderte er. „Vermute ich. Wir gingen auf Dates. Zum See. Eis essen bei Dot's. Zur Hölle, sogar Bowling. Ich war kein Highschool-Casanova. Was möchtest du wissen?"

„Sie sagte, ihr Vater hätte einen Deal mit Mom und Dad gehabt."

„Du hast sie gesehen?"

„Ich bin zu der Totenwache gegangen." Mehr als das würde ich ihm nicht erzählen. Um meine Tarnung so glaubhaft wie möglich zu machen, dachte Jock leider auch, dass ich aus dem FBI geworfen worden war und jetzt für John Marshall arbeitete. Er war nicht begeistert davon. Niemand hier mochte Marshall. Aber ich war vierzig und er hatte in Bezug darauf, was ich tat, nichts zu sagen.

Wir standen uns ziemlich nah, vor allem, seit unsere Eltern bei einem Autounfall gestorben und wir die einzige Familie waren, die wir hatten, aber ich war zehn Jahre älter. Ich war aufs College gegangen, als er noch die Grundschule besucht hatte, weshalb es eine Menge gab, was wir voneinander nicht wussten.

„Ich hab gehört, dass Macon Wainright gestorben ist", sagte er. „Mann, er war ein Arsch – spezieller Typ." Eines der Kinder lachte, was von einem lauten Platschen gefolgt wurde.

„Arsch! Arsch!"

Jock ächzte. „Tyler, lass das ja nicht deine Mutter hören. Und lass das Wasser in der Wanne."

Ich bog von der Hauptstraße ab und fuhr Richtung Osten.

„Ich ging einmal zur Milliardärsranch, um sie abzuholen", fuhr Jock fort. „Macon öffnete und bot mir ein Bier an."

Er hatte einem Siebzehnjährigen, der seine Tochter herumfahren würde, ein *Bier* angeboten?

„Ich dachte zuerst, es wäre ein Test, und lehnte ab. Doch er meinte es ernst. Man sollte meinen, er hätte wissen wollen, wann ich seine Tochter nach Hause bringe, nicht mich betrunken machen."

„Ja." Ich hatte keine Ahnung, was ich sonst sagen sollte.

„Zuerst erzählte er mir, dass er gut mit Mom und Dad befreundet sei. Dann... das musst du dir mal vorstellen." Ich konnte ihn durch das Telefon lachen hören. „Er gab mir einen Streifen Kondome. Sagte mir, dass es ja schön und gut war, North zu ficken, aber ihn zum Opa zu machen nicht."

„Daddy hat ein böses Wort gesagt! Arsch! Ficken!"

„Heilige Scheiße", murmelte ich und das nicht wegen des wachsenden Vokabulars meines Neffen.

„Kein Witz. Mir blieb keine andere Wahl, als die Dinger zu nehmen und sie in meine Tasche zu stecken. Danach hatte ich zu große Angst, um mehr zu tun, als North zu küssen."

„Du hast nie mit ihr geschlafen?" Ich war überrascht und mir sicher, dass man es mir anhören konnte.

„Lach mich aus und ich bring dich um, aber ich hab ihn nicht hochgekriegt. Ich meine, ich konnte nur daran denken, dass mir ihr Dad praktisch seinen Segen gegeben hatte, mit ihr zu schlafen."

Ich konnte es mir vorstellen. Der Schwanz eines Teenagers wurde die ganze Zeit hart und in der Gegenwart einer hübschen, jungen North wäre es unmöglich gewesen, keinen Ständer zu bekommen.

Doch was Macon getan hatte, hatte das erfolgreich verhindert.

Also waren Norths Worte bei der Totenwache aus Wut geäußert worden. Aus Selbstschutz?

„Jetzt da ich älter bin, frage ich mich, ob er umgekehrte Psychologie oder so einen Scheiß angewandt hat."

Nein. Das bezweifelte ich. Macon hatte gewollt, dass Jock mit North Sex hatte.

Wenn er nicht tot wäre, hätte ich ihn jetzt grün und blau schlagen wollen, denn ich hatte so ein Gefühl, dass mich der Grund für sein Vorgehen fuchsteufelswild machen würde. Die einzige noch Lebende, die die Antwort kannte, war North.

„Sie hat mit dir Schluss gemacht, weil du nicht hart werden konntest?" Nach dem wenigen zu urteilen, das ich von ihr wusste, bezweifelte ich, dass das der Fall gewesen war.

„So weit bin ich nie gegangen. Wie ich schon sagte, konnte ich nur ihren Dad sehen. Sie war süß. Ihr Lachen war... ansteckend. Abgesehen davon, dass sie umwerfend war, mochte ich sie einfach. Dann kam sie eines Tages vorbei und machte Schluss mit mir. Das war nach der Kondom-Sache, nicht dass sie davon wusste. Sie war aufgebracht, aber wollte mir nicht sagen warum. Sagte, sie würde aufs College gehen und dass es nicht funktionieren würde."

„Das ist alles? Sie gab dir die ‚Es liegt an mir, nicht

an dir'-Rede?" Ich starrte blicklos aus dem Fenster auf die Straße.

„Ich schätze schon, aber ich erinnere mich noch deutlich daran, dass am nächsten Tag der Deal für die Ranch platzte."

Ich wurde langsamer wegen des metallenen Viehgitters, das quer über die unbefestigte Straße verlief. „Du erinnerst dich daran?"

„Oh ja. Wir wollten eigentlich nach San Diego fahren, um den Deal zu feiern, wozu wir einen Teil des Geldes benutzen wollten. Mom sagte die Reise ab."

Daran erinnerte ich mich. Das Telefonat mit meinem Dad, in dem er mir mitteilte, dass sie beschlossen hatten, die Ranch doch nicht zu verkaufen. Ich hatte auf der Arbeit viel zu tun gehabt, da ich in Quantico Unmengen an Stunden gearbeitet hatte, und daher nicht allzu viele Fragen gestellt. Danach hatten sie nicht mehr versucht, an einen anderen zu verkaufen. Dann waren sie gestorben und hatten das Grundstück Jock und mir hinterlassen. Er hatte ein Jahr, nachdem ich ihm seine Hälfte abgekauft hatte, geheiratet und sich ein Haus in Bozeman in der Nähe der Familie seiner Frau gekauft.

Ich war während meiner Urlaube nach Hause gekommen und nur als Teil meiner Tarnung dauerhaft zurückgekehrt. In meiner Freizeit reparierte ich das Haus.

Ich wurde langsamer, als ich mich dem riesigen

Holzbogen näherte, in den Wainright Ranch geschnitzt war. Die Ranch hatte schon, so lange ich mich erinnern konnte, den Spitznamen Milliardärsranch. Niemand nannte sie anders.

Die Auffahrt war geteert und schlängelte sich durch die hügelige Landschaft. Das Haus stand fast eine Meile entfernt von der Straße.

„Danke, Jock. Grüß Ellen von mir und küss die Kinder."

„Komm bald mal zu uns und mach es selbst", konterte er.

„Werde ich machen."

Ich beendete das Gespräch, bog auf die Auffahrt und grübelte über das nach, was mir Jock erzählt hatte. Er hatte nie mit North geschlafen. Was hatte sie vorhin in ihrem Büro gesagt? Dass ich mich vielleicht mit ihrem Vater zusammengeschlossen hätte als Rache für das, was sie Jock angetan hatte. Das ergab keinen Sinn. Demzufolge, was mir mein Bruder gerade erzählt hatte, hatte sie ihm gar nichts angetan. Sie nahm an, dass ich mit ihrem Vater vor seinem Tod Kontakt aufgenommen hatte und er hatte... sie als Teil eines Deals angeboten? Dass ich auf seiner Totenwache war, um die Schulden einzutreiben?

Bedeutete das, dass er sie Jock angeboten hatte, als sie Kinder gewesen waren, um den Deal mit unseren Eltern zu versüßen?

Ich fuhr auf die kreisrunde Einfahrt, parkte und rieb mit einer Hand über mein Gesicht.

Was zum Henker stimmte nicht mit mir? Mit North Wainright zusammenzukommen, war nicht einfach. Zur Hölle, sie musste die komplizierteste Frau sein, der ich jemals begegnet war. Sie hatte Probleme. Eine ganze Wagenladung voll, obwohl sie genug Geld hatte, um jedes Einzelne zu lösen. Ich schaute zu dem riesigen Haus hoch, das das bewies.

Ich hatte wohl eine masochistische Ader, denn mein Schwanz wollte sie. Mein Kopf wollte sie auch. Da war etwas an ihr. Etwas... Komplexes und Faszinierendes.

Ich war überrascht, dass ich in meinem Alter noch all meine Zeit damit verbringen konnte, an eine Frau zu denken, aber ich tat es. Dabei war sie die letzte Frau auf dem Planeten, für die ich hart werden sollte.

Sie könnte ernster Straftaten schuldig sein.

Auf sie konzentrierte sich meine Ermittlung.

Und ich wollte, dass sie... was wurde? Mein?

Ich seufzte und nahm meinen Hut vom Sitz. Ja, das wollte ich.

Doch wenn sie herausfand, dass ich undercover war, würde das nicht gut enden. Obwohl ich wusste, wie gut sie schießen konnte, wollte ich sie.

Es spielte nach wie vor keine Rolle. Es war selten, eine Frau zu finden, die das Leben interessant machte. Sie war auch beschädigt und so weit ich das beurteilen konnte, hatte sie niemanden an ihrer Seite. Oh, sie hatte einen Haufen Leute, die für sie arbeiteten und taten, was auch immer sie wollte. Sogar *Brad*.

Aber sie passten nicht auf sie auf. Sie halfen, weil sie sie bezahlte.

Ich lief die breiten Steinstufen zur Eingangstür hoch, klingelte und betrachtete den herrschaftlichen Eingang.

Sie war eine Prinzessin allein in ihrem großen beschissenen Schloss. War ich ihr Prinz? Davon war ich weit entfernt, aber ich würde für sie da sein. Ich würde herausfinden, wie sie tickte und was sie zum Lächeln brachte. Und das würde ich ihr den Rest ihres Lebens schenken. Bei diesem Gedanken hätte ich in Panik geraten sollen. Ich hätte wieder in meinen Truck springen und mit quietschenden Reifen davonfahren sollen. Doch nein, es klang perfekt.

Als ich den Schuss hörte, fragte ich mich ob ich zu spät kam.

6

ORTH

Abgesehen von der Beerdigung, auf der wir uns alle vergewissert hatten, dass unser Vater definitiv unter die Erde gebracht worden war, hatten meine Brüder und ich seit Weihnachten nicht mehr miteinander zu Abend gegessen. Damals war Macon mit seiner Geliebten in Cabo und das Haus daher frei gewesen. Die Jungs kamen nämlich nur zu Besuch, wenn er fort war.

Ihre letzte Nacht unter diesem Dach war auch jeweils die letzte Nacht vor ihrer Abreise aufs College gewesen. Sie waren fortgegangen und nie zurückgekehrt.

Ja, es war so schlimm gewesen.

Wir telefonierten mindestens einmal die Woche miteinander und ich sah West und South ungefähr einmal im Monat, entweder in einem ihrer Häuser oder in der Stadt. Nie in diesem Haus.

„Wer will noch einen?", rief East und hielt die Whiskyflasche in seiner Hand hoch. Unter seinen anderen Arm hatte er eine aufgeklappte Flinte geklemmt.

„Ich", sagten South und West gleichzeitig.

West zog an der Schnur der Wurfmaschine und ein gläserner Aschenbecher flog durch die Luft. South zielte, feuerte seine Waffe ab und der Aschenbecher zersprang über dem Feld in tausend Stücke.

Wir trugen alle Ohrenschützer, weshalb sie schrien.

Ich war schon am längsten hier draußen und am Schießen. Irgendwie war es mir gelungen, vom Büro nach Hause zu kommen, bevor einer von ihnen aufgetaucht war. Der Helikopter stand auf seinem üblichen Platz auf dem westlichen Rasen.

Ich war ins Haus gegangen, um mich wie üblich umzuziehen, wobei ich an einer Wand mit Macons Trophäen und anderen Erinnerungsstücken vorbeigekommen war. Ich war stehen geblieben und hatte realisiert, dass ich jedes einzelne Stück hasste. Die prahlerische Selbstbewunderung. Ich hatte mir so viel von der Wand gegriffen, wie ich tragen konnte, und es nach draußen gebracht. Ich war lediglich zurückgekehrt, um die Flinte sowie einige Patronen aus seinem Büro zu holen, und hatte meine Heels im Vorraum gegen Gummistiefel eingetauscht.

Ich hatte die Gegenstände oben auf die Zaunpfosten am Rand des Gartens gestellt und gezielt. In dem Moment hatten mich meine Brüder gefunden. Sie hatten weitere seiner Habseligkeiten eingesammelt und eine zweite Flinte geholt und beschlossen, das Ganze spaßiger zu gestalten, indem sie die Wurfmaschine vom Tontaubenschießen benutzten. Daher waren wir aufs Feld umgezogen. East hatte auch eine Flasche Whisky mitgenommen.

Er reichte den Alkohol herum, griff nach einem Silberteller und las die Inschrift. „Mann des Jahres 2011. Wohl eher Arschloch des Jahres", meinte er.

Er schaute böse drein, als würde der Teller all die beschissenen Erinnerungen dieser Zeit verkörpern. Dann lief er zur Wurfmaschine, legte den Teller ein und die Patronen in die Flinte.

Ich nahm seinen Platz ein und wartete darauf, dass er in Position ging und mir zunickte. Ich zog an dem Seil und den Bruchteil einer Sekunde später feuerte er. Der Teller schwirrte durch die Luft und flog wie ein außer Kontrolle geratenes UFO in Richtung der Ställe.

„Fick dich, Macon!", brüllte er.

Ja, fick dich.

South schnappte sich noch einen Silberteller und

warf ihn wie eine Frisbee. Er flog weit und landete kurz vor dem Teich.

Als jemand um die Seite des Hauses gerannt kam, dessen Schritte auf den Steinplatten so laut waren, dass sie sogar durch den Hörschutz drangen, wirbelten wir alle herum.

Jed.

Als er sah, was wir trieben, hielt er schlitternd an, dann stemmte er die Hände in die Hüften, wobei er eine Pistole in seiner rechten hielt, und nahm sich eine Sekunde, um nach Luft zu schnappen.

„Meine Fresse." Ich konnte ihn kaum hören, aber seine Lippen lesen.

Ich nahm den Hörschutz ab und ließ ihn wie eine geöffnete Halskette um meinen Hals baumeln.

Er steckte die Pistole hinten in seine Hose und marschierte in den gleichen Kleidern wie heute Morgen zu uns. Ich beobachtete seine langbeinigen Schritte, den Schwung seiner schmalen Hüften und wie seine Muskeln in seiner Jeans spielten. Falls es im Wörterbuch ein Bild von einem Cowboy gäbe, wäre es seines.

Eddie stand von der Stelle auf, wo er in der Sonne geschlafen hatte, und näherte sich uns. Der Hund hatte sich bei den Schüssen nicht einmal geregt, aber wollte Jed begrüßen.

„Dreht sich alles, das du tust, ums Schießen?",

erkundigte er sich, trat näher und strich meine Haare zurück.

In letzter Zeit schon. „Ich habe beschlossen, einige Dinge zu entsorgen", antwortete ich. Macons Schlafzimmer war ausgeräumt worden, wie ich es veranlasst hatte.

Er schaute zu dem Haufen im Gras, dann wieder zu mir. „Das sehe ich."

„Ich habe einige Erkundigungen über dich eingeholt. Ich nehme mal an, dass du während deiner Zeit beim FBI zu einem guten Schützen ausgebildet wurdest", sagte ich. Er hatte in jenem Sommer, als ich ihn auf der Grillparty seiner Eltern gesehen hatte, für das FBI gearbeitet. Er war jedoch vor kurzem gefeuert worden, auch wenn ich die Einzelheiten dazu nicht herauskriegen hatte können. Daraufhin hatte er die Ostküste hinter sich gelassen und war auf die Familienranch zurückgekehrt. Und zu einem Job bei John Marshall.

„Ich kann mich behaupten", erwiderte er.

„Läufst du immer mit einer Pistole herum?", fragte ich und schielte zu der Waffe in dem Holster an seiner Hüfte.

Er bedachte mich mit einem fragenden Blick. „Sagt die Frau, die eine Totenwache mit Schüssen beendet. Das hier ist Montana, jeder hat eine Pistole."

Eddie stupste seinen Schenkel, woraufhin Jed nach unten sah und ihn hinter dem Ohr kraulte. Der Hund lehnte sich an Jeds Bein und schloss die Augen. Ja, ich kannte das Gefühl. Diese Finger waren magisch.

„Wir haben nur in Erinnerungen geschwelgt", erklärte East, als er vorbeikam und auf die Stelle deutete, wo er gerade auf den Gedenkteller geschossen hatte. „Kanntest du Macon?"

Jed nickte.

„Dieses Arschloch..." East räusperte sich und hielt den Teller hoch, damit Jed die Innschrift lesen konnte. „Entschuldige bitte, der *Mann des Jahres*, ließ mich aus der Footballmannschaft der Uni werfen. Das brachte mein Stipendium in Gefahr." Er schüttelte den Kopf. „Fuck, ich dachte, ich würde den Rest meines Lebens hier festsitzen und Heuballen machen."

Jed sah sich um, betrachtete das Haus, die Ställe in der Ferne und versuchte vermutlich, herauszufinden, warum das so schlimm wäre.

„Ich habe keine Ahnung, warum er seine Meinung geändert hat", sprach East weiter.

South und West murrten, kamen herüber und schlugen East auf den Rücken. Sie taten das, als er gerade einen Schluck Whisky trank, weshalb er etwas auf seinem Universitäts-T-Shirt verschüttete.

Macons Meinungswechsel? Dahinter hatte ich gesteckt. Ich war eine Sophomore in Harvard gewesen. Macon hatte im Vorjahr, als South aufs College gegangen war, gelernt, dass ich alles tun würde, um sie zu befreien. Für South war ich mit dem Teufel einen

Handel eingegangen. Dann hatte er East und West im Folgenden Jahr bedroht – ohne ihr Wissen, denn für sie waren es einfach nur miese Nummern seinerseits gewesen, mit denen er sie ärgern wollte. Wie beispielsweise, dass er East aus dem Footballteam hatte werfen lassen.

Ihre Freiheit hatte auf dem Spiel gestanden und da ich mein Leben bereits verhandelt hatte, tat ich, was auch immer nötig war.

Fast.

Als ich realisierte, dass mich Jed beobachtete, wandte ich den Blick ab aus Angst, dass er meine Gedanken lesen konnte.

„Du bist der Typ von der Totenwache", stellte East fest.

Jed drehte sich zu ihm um und stellte sich vor. Sie gaben sich die Hände und East sah von Jed zu mir, wobei sein Gesicht voller Neugierde war.

„Meine anderen Brüder sind West und South", fügte ich hinzu.

„Bitte uns ja nicht, uns der Reihenfolge nach aufzustellen", sagte South und trank einen Schluck Whisky. Er war mit seinen eins achtzig der kleinste der drei.

„Ich bin mir sicher, den Spruch kriegt ihr ständig zu hören", meinte Jed.

„South hat den Mädchennamen unserer Mutter", erklärte ich. „Southforth. East und West ist die Abkürzung für Easton und Weston."

Sie waren Zwillinge, aber zweieiige. Sie sahen oder benahmen sich nicht ähnlich. Einer war ein Rancher, der andere ein Universitätsprofessor. Obwohl sie zwei Jahre jünger waren, waren sie zwölf Zentimeter größer.

„Und North?", wollte er wissen.

Ich zuckte mit den Achseln. „Nur North."

„Hat euch der Humor eures Vaters diese Namen eingebrockt?"

South schüttelte den Kopf. „Macon? Er hatte keinen Humor. Unsere Mutter hat uns die Namen gegeben."

„Was machst du hier?", fragte ich. Wir zerschossen hier zwar Macons Sachen, aber ich wollte nicht über ihn reden.

Die Sonne sank am Himmel tiefer und erschuf einen sanften Schein, der sich über die Prärie legte. Es wehte kaum ein Lüftchen.

Meine Brüder widmeten sich wieder dem Haufen mit Macons Dingen. West schnappte sich irgendeinen Golfpokal und ging zur Wurfmaschine. East stellte sich neben South. Sie waren eindeutig zufrieden damit, die nächste Zeit zu trinken und auf Dinge zu schießen.

„Ich habe dir doch gesagt, dass wir uns später sehen würden", sagte Jed, womit er meine Aufmerksamkeit wieder auf sich lenkte. „Ich hab gehört, dass du mit deinen Brüdern zu Abend essen würdest."

Ah, als er heute Morgen in meinem Büro aufgetaucht war.

„Warum?" Ich machte mich daran, zum Haus zu laufen, und überließ die Jungs ihrem Spaß. Ich hatte das Interesse verloren.

„Ich wollte sie kennenlernen."

„Und noch einmal, warum?"

„Weil sie die Leute sind, die dir wichtig sind."

Ich schob mich durch die Tür zum Vorraum und bückte mich, um meine Gummistiefel auszuziehen.

„Was hast du getan, damit Macon seine Meinung bezüglich Easts Uni geändert hat?", wollte er wissen und ich ertappte ihn dabei, wie er meinen Hintern beäugte.

Ich schnellte bei seiner überraschenden Frage hoch und der Raum drehte sich. Jed nahm meinen Arm. Ich war jetzt barfuß und unser Größenunterschied war dadurch viel deutlicher bemerkbar. Ich reichte nur bis zu seiner Schulter.

Ich würde ihm auf keinen Fall von dem Texaner aus der Ölindustrie erzählen.

„Ich weiß nicht, wovon du sprichst."

Eddie drängte sich durch die Hundeklappe, ging zu seinem geliebten Bett in der Ecke, drehte sich dreimal im Kreis und ließ sich nach unten plumpsen.

„Doch, das weißt du. In deinem Büro vorhin dachtest du, ich wäre einen Deal mit deinem Daddy eingegangen und dass deine Pussy diesen Deal versüßen hätte sollen. Niemand erfindet so einen Scheiß." Er ließ mich nicht los und sein Daumen streichelte über meine nackte Haut. „Deine Brüder kamen hier raus. Du nicht. Warum ist das so?"

„Jemand musste das Geschäft übernehmen", giftete ich. Er machte mich wütend. Er kam der Wahrheit zu nahe.

Er schüttelte langsam den Kopf.

„Versuch es noch mal."

Das kam nicht infrage. Stattdessen sagte ich: „Schau mal, das hier wird nicht funktionieren."

„Was wird nicht funktionieren?", erkundigte er sich.

Ich hörte den Knall der Flinte, was bedeutete, dass meine Brüder weit weg und beschäftigt waren. Dennoch wollte ich nicht, dass einer von ihnen Teil des Ganzen war.

Ich stürmte aus dem Raum, durchquerte den Salon, wo der Barwagen neben dem Flügel stand, den mein Großvater für meine Großmutter gekauft hatte, und schnappte mir eine Whiskyflasche. Das Hauspersonal sorgte nicht nur dafür, dass das Haus blitzblanksauber war, sondern auch dafür, dass alles vorrätig war, das Macon oder ich jemals wollen könnten.

Im Moment wollte ich mich betrinken. Vergessen, dass meine Brüder hier waren. Ich liebte sie zwar innig, aber sie zu sehen, erinnerte mich daran, dass sie nach dem Abendessen gehen und in ihr Leben zurückkehren würden. Ihr echtes Leben. Ihr glückliches Leben voller erfüllter Träume. Regenbögen und Einhörner und das alles. Ich wollte vergessen, dass Jed mir etwas angeboten hatte, das vielversprechenden gewirkt hatte, aber nur ein weiterer Deal war.

Was mich nur an mein Leben erinnerte. Das Desaster, das es war.

Jetzt, da Macon tot war, konnte ich mein Leben selbst bestimmen, aber das Gewicht der Vergangenheit war schwer abzuschütteln. Ich fühlte mich... vernarbt.

„Unser Deal. Deals wie diesen habe ich schon zur Genüge ausgehandelt. Die Einzige, die aufs Kreuz gelegt wird, bin ich."

„Wortwörtlich oder sprichwörtlich?"

Ich durchquerte das Haus und lenkte meine Schritte zu der Treppe, die von der Küche abzweigte, realisierte jedoch, dass mein Schlafzimmer der letzte Ort war, an dem ich mit Jed sein wollte. Daher schlüpfte ich in einen Raum, von dem ich wusste, dass er einigermaßen schalldicht war. So würde der Rest des Hauses nichts von unserem Streit mitkriegen.

„Was zum Henker ist das hier?", fragte Jed, der mir folgte und sich umsah.

„Das Telefonzimmer", antwortete ich. Es war ein winziger Raum unter der hinteren Treppe, der nur für eine Person gedacht war. „Mein Urgroßvater baute dieses Haus. Der Raum wurde zu seiner Zeit angebaut, als er ein Telefon erwarb. Es war das einzige Telefon im ganzen Haus und man sollte hier ungestört reden können."

Jed streckte seine Arme aus und berührte mühelos zwei der Wände. In einer Wand befand sich eine kleine Nische, wo das Telefon hingehörte, und eine Eckbank. Die Wände waren in einem dunklen Burgunderrot gestrichen und das einzelne Messinglicht sorgte dafür, dass der Raum eigenartig gemütlich war anstatt klaustrophobisch.

Doch wegen Jed fühlte sich der Raum so an. Er nahm den Großteil des Raumes ein. Indem er nach hinten griff, packte er die Tür und zog sie hinter uns zu.

Die Flinte erklang erneut, aber dieses Mal war sie kaum zu hören.

Vielleicht war es eine dumme Entscheidung, hierherzukommen. Der einzige Ausgang befand sich hinter ihm.

„Was hat Macon dir angetan?"

„Verschwinde, Jed", sagte ich seufzend. Ich war seit fünf Uhr wach, weil ich stets vor der Arbeit trainierte. Um halb acht war ich im Büro gewesen. Heute war ich wegen dem Abendessen mit meinen Brüdern früher gegangen, aber normalerweise wäre ich nicht vor neun Uhr nach Hause gekommen.

Die Arbeit beschlagnahmte meine Zeit. Meine Gedanken. Sie hielt mich in Bewegung und Bewegung war gut, denn wenn ich langsamer wurde, dachte ich nach. Wenn ich nachdachte, wurde ich zu dem hier. Einer kaum betrunkenen Dreißigjährigen ohne ein Leben. Ohne richtige Freunde. Nichts außer... fick mich. Elend.

Über Macon zu reden, war das Letzte, das ich tun wollte.

„Nein."

Ich starrte auf seine Lippen, während er dieses eine Wort sprach. Sein Geruch füllte den Raum. Pheromone und sauberer Mann. Waschpulver.

„Hier ist nicht genug Platz für uns beide."

„Warum bist du dann hier reingekommen? Es ist nicht so, als könntest du dich vor mir verstecken."

Ich schloss die Augen. Seufzte. Spürte, wie mir die Alkoholflasche aus den Fingern gezogen wurde.

„Was hat Macon dir angetan?", fragte er erneut.

„Getan?"

„Hat er dich geschlagen? Hat er dich so kontrolliert?" Zorn loderte in seinem Blick, während er über mich glitt, als suche er auf meinem Körper nach Spuren von Macons Wut.

„Er hat mich nie angefasst", gestand ich.

„Welche anderen Deals bist du mit Macon eingegangen? Mit anderen Leuten? Wer... wer –" Als er seine Frage nicht beenden konnte, schaute ich zu ihm auf und lehnte mich wegen seiner Intensität zurück. Wut ging in Wellen von ihm aus. Sein Kiefer war zusammengepresst und seine Augen sprühten Funken. Jede Faser seines Körpers war straff gespannt, als stünden sie unter Strom. „Wen musstest du für ihn ficken?"

Niemand hatte mir jemals, *jemals* diese Frage gestellt. Dass er überhaupt auf diese Frage gekommen war, bewies mir, dass er viel zu viel sehen konnte.

„Was meinst du?"

„Du hast mich bei der Totenwache genau dieser Sache beschuldigt."

Tränen schnürten mir die Kehle zu, aber ich zwang sie zurück. Ich weinte nicht. Es war eine Schwäche, die gegen mich benutzt werden könnte. Sogar bei Jed. Emotionen waren mächtige Waffen.

Ich hob eine Hand zwischen uns und legte sie auf seine Brust. Ich konnte seinen steten Herzschlag unter meiner Hand spüren. „Stopp."

Er strich sich mit den Fingern über den Bart. „Stopp? Meinst du das ernst? Dein Vater... meine Fresse, er hat dich *benutzt*."

„Das habe ich nie gesagt", widersprach ich.

„Das musstest du nicht. Es ist offensichtlich für mich. Du magst zwar ein gutes Pokergesicht haben, aber vor mir kannst du dich nicht verstecken."

Ich zuckte mit den Achseln, reckte das Kinn und schenkte ihm ein geübtes Lächeln. Verbarg alles.

Er wartete, dann riss er sich den Hut vom Kopf und hängte ihn in die Nische, wo früher das Telefon war. Er stellte die Whiskyflasche auf die Bank. „Jetzt weiß ich, warum du die Eisprinzessin bist."

Das Lächeln verrutschte. Geringfügig. Dann packte er meine Oberarme.

„Er hat dir das Leben zur Hölle gemacht, oder? Du versteckst dich, um dich zu beschützen, aber ich sehe dich."

Ich riss überrascht die Augen auf. Es war nicht so, dass er gefährlich war, aber aus dieser Nähe sah ich, wie sauer er war. Das Feuer in seinen Augen. Ich konnte es *spüren*. Es brannte *für* mich.

Er hatte mich gebeten, ihm zu vertrauen. Das konnte ich nicht. Er hatte mir auch seine Berührungen angeboten und nach diesen verzehrte ich mich. Nicht nur nach den Orgasmen, die er mir schenkte, sondern nach der Verbindung. Ich brauchte jetzt jemanden. Ich hatte es satt, allein zu sein.

„Komm schon, Prinzessin. Schmelze für mich."

Schmelze für ihn.

Ja. Ich nahm mir, was ich in diesem Moment wollte. Ich konnte mir nehmen, was er bot, aber zu meinen Bedingungen. Ich ging auf die Zehenspitzen und küsste ihn. Legte meine Hand um seinen Hals. Eine Sekunde rührte er sich nicht, reagierte nicht und dann erwiderte er den Kuss. Rau. Wild. Unsere Münder öffneten sich und unsere Zungen tanzten miteinander. Ich spürte das weiche Kratzen seines Bartes. Wir neigten die Köpfe, um einander noch näher zu kommen. Seine Arme legten sich um meinen Rücken und hoben mich hoch. Meine Beine schlangen sich um seine Taille, wodurch der Saum meines Kleides meine Schenkel hinaufrutschte.

Er machte einen Schritt und presste mich an die Wand.

Seine Hände wanderten über mich, umfingen meinen Busen, glitten hinab zu meiner Hüfte und über meinen Schenkel. Mein Kleid wurde nach oben geschoben und ich spürte einfach alles. Ich war noch nie zuvor so scharf auf jemanden. Ich hatte mich so... verzweifelt nach ihm gesehnt.

Die Escorts, mit denen ich vögelte, waren erfahren und wussten genau, was sie taten. Ich konnte nicht behaupten, dass sie es vorspielten – ihre harten Schwänze logen nicht – aber es war nur Erregung. Das Verlangen, zum Orgasmus zu kommen, trieb sie an. Und auch das Geld.

Sie hatten gelernt, dass ich mit ihnen nicht kommen konnte. Sie fassten das vielleicht als einen weiblichen Defekt auf und ließen das Thema fallen. Sie hatten es nicht wie Jed verstanden, denn ihre zerbrechlichen Egos wären nicht damit klargekommen. Jed war damit klargekommen. Er hielt es für keine große Sache. Er hielt mich nicht für kaputt. Vielleicht tickte ich anders, aber er hatte mich trotzdem zum Höhepunkt gebracht und mich helfen lassen.

Ich wollte mehr davon. Das hier? Mit Jed? Es war

Lust. Leidenschaft. Verlangen. Es war heiß und intensiv und verrückt.

Dumm vermutlich. Er hatte gesagt, dass er auf der Totenwache erschienen sei, um sein Beileid auszusprechen. Als Angestellter von John Marshall. Aber hatte er die Wahrheit erzählt, als er gesagt hatte, er hätte mich gesehen und gewollt? Die Nachfragen, die er gestellt hatte, brachten mich zu der Überzeugung, dass es stimmte.

Das Stupsen seines Penis an meinem Bauch ließ mich ebenfalls denken, es entspräche der Wahrheit, aber war das alles, was er wollte? Konnte es sein, dass ich mich vor allen anderen erfolgreich geschützt hatte, und dass die eine Person, die die Worte sagte, die ich hören wollte, an meinen Verteidigungswällen vorbeikam?

Ich wusste nur, dass ich ihn wollte. Ich liebte es, welche Gefühle er in mir hervorrief. Wie... hübsch ich mich fühlte, wenn er mich ansah. Wie sicher. Beschützt. Wie *heiß*.

Ja, ich wollte das hier. Die Verbindung. Den Höhepunkt. Würde das Ganze Konsequenzen nach sich ziehen, würde ich mit ihnen rechnen und mich später mit ihnen befassen.

„Das ist richtig, du wirst für mich schmelzen", knurrte er mehr oder weniger, als er mich umfing und entdeckte, dass ich nach wie vor keinen Slip trug, seit ich ihm im Büro meinen gegeben hatte.

„Das ist nur ein weiteres Geschäft", keuchte ich, obwohl ich es liebte, wie sich sein Bart auf meiner Haut anfühlte.

Er wich zurück und seine Hand erstarrte. Seine Brust hob und senkte sich heftig, als wäre er einen Marathon gelaufen, und seine Haare waren zerzaust. Seine Lippen waren feucht und rot. Dennoch glitten seine Finger sachte über meine Falten und verteilten meine Feuchtigkeit. Er streichelte, liebkoste und beobachtete mich. Erregte mich.

„Kein *Geschäft*, Prinzessin. Ich sagte, ich würde dich dazu bringen, mir zu vertrauen. Ich bin nicht hier, um dich reinzulegen. Ich habe keine Hintergedanken. Das hier ist anders."

Er rollte mit den Hüften und sein Schwanz drängte sich gegen meine Klit. Ich wimmerte.

„Ich sah dich. Das war es."

„Liebe auf den ersten Blick?", fragte ich lachend, weil das vollkommen unglaubwürdig war.

Er zuckte eine breite Schulter. „So was in der Art. Das hier ist kein Geschäft. Kein Marshall. Kein Macon. Es ist sehr, sehr persönlich. Nur zwischen dir und mir. Niemandem sonst."

Meine Augen schlossen sich, weil sich seine Berührung so gut anfühlte.

Seine Lippen strichen über meine und ich sank in dieses Gefühl. Er leckte in mich und eroberte meinen Mund, während er einen Finger in mich schob. Mein

Rücken bog sich durch, während er mich langsam damit fickte, dann einen zweiten hinzufügte.

Ich zuckte mit den Hüften und sehnte mich nach mehr. Meine Finger klammerten sich an seine Schultern.

„Jed!", schrie ich. Ich war so erregt, dass ich an ihn verloren war. Seine Finger rieben über eine Stelle und es war wie ein magischer Knopf. Ich stöhnte.

„Da, hm?"

Ich antwortete nicht, weil es so gut war. Ich würde nicht kommen, aber ich war näher dran, als ich das jemals bei einem anderen gewesen war. Und das nur von seinen Fingern.

Er erstarrte und zog sie aus mir. Als ich meine Lider blinzelnd öffnete, ragte er über mir auf. So nah. „Es geht nur um dich und mich. Vertraue ausnahmsweise einmal."

Ich nickte, denn ich konnte nur fühlen. Dann leckte er seine Finger ab.

Diese Geste und das Wissen, dass er mich schmeckte und ich so feucht war, dass er mit meinen Säften überzogen war, war verdorben. Dass er mich so sah, sexuell. Vielleicht leidenschaftlich. Begehrlich.

Ich griff zwischen uns und machte mich an seinem Gürtel zu schaffen. Da meine Schenkel um seine Taille geschlossen waren, konnte er beide Hände benutzen, ein Kondom aus seiner Tasche fischen und dann seine Jeans nach unten schieben. Ich hörte das Geräusch einer Verpackung, dann spürte ich Jeds Hände, als er den Gummi überrollte, ehe er seine Härte an meinen Eingang führte. Meine Pussy zog sich erwartungsvoll zusammen.

Seine Augen blickten in meine. Hielten den Blick.

„Tu es", sagte ich, dann wurde mir der Atem abgeschnitten, als er hart nach oben stieß und mich mit einem Stoß füllte.

„Fuck", knurrte er und sein Kopf legte sich an meinen Hals.

Eine Hand ging zu meinem Hintern und drückte, während mein Körper zuckte und sich dehnte, um ihn aufzunehmen. Ich hatte nicht gesehen, wie groß er war, aber ich spürte es.

Der winzige Raum war warm. Schweiß stand mir auf der Haut. Mein Kleid war zusammengeschoben und vermutlich verknittert. Und ich pochte und pulsierte vor Verlangen.

Er ließ seine Hüften kreisen, zog sich zurück und stieß nach vorne. Wieder und wieder.

Wir sagten nichts. Das mussten wir nicht. Ich klammerte mich an ihn und packte ihn, kreiste mit den Hüften und bog mich nach hinten. Wurde stimuliert und gevögelt und gefüllt.

„North."

Als ich meinen Namen hörte, öffnete ich blinzelnd die Augen. Sein Gesicht war direkt vor mir, sein Blick verhangen und dunkel. Wild und ungezähmt.

Er nahm eine meiner Hände aus seinen Haaren und führte sie zwischen uns, wo er seine Finger auf meine Klit legte. „Zeig mir wie."

Ich starrte ihn verwirrt an, dann bewegte er seine Finger, wodurch sich meine bewegten. Er wollte, dass ich kam. Wusste, dass dies der Weg war, es zu erreichen.

Ich übernahm und brachte meine Finger in die flache Position, die ich mochte, und führte die üblichen kleinen Kreise aus.

Er stieß sich tief in mich und ich bewegte mich schneller. Gott, ihn so dick in mir zu spüren und die Stimulation meiner Klit... das war...

„Oh", flüsterte ich.

„Braves Mädchen. Du wirst für mich kommen." Er redete, während er seine Hüften bewegte und mich langsam fickte. „Du fühlst dich so gut an. Fuck, so eng. So feucht."

Dann wurde er verdorbener. Beide Hände umfingen meinen nackten Hintern, aber ein Finger glitt zwischen meine Pobacken und über meinen Hintereingang und –

Ich verkrampfte mich um seinen Schwanz und kam. „Heilige Scheiße!", schrie ich, während meine Finger nach wie vor meine Klit bearbeiteten und eine Fingerspitze mich *dort* berührte.

Weiße Lichter tanzten hinter meinen geschlossenen Augenlidern. Meine Finger kribbelten, mein

Körper wurde von der wunderbarsten Lust geschüttelt. Dass ich so tief gefüllt und meine Klit stimuliert wurde, war fantastisch. Doch es war diese zusätzliche Berührung, von der ich nicht gewusst hatte, dass sie sich so gut anfühlen würde, die mir den Rest gab.

Scharf und strahlend. Heiß und intensiv.

„Fuck, du erwürgst meinen Schwanz." Jed hatte sich zurückgehalten, aber jetzt nicht mehr. Er vögelte mich mit unkontrollierten Stößen durch meinen Orgasmus. Er knurrte, dann hielt er sich tief in mir, während sein Mund an meinem Hals saugte und er in mir pulsierte.

Das Telefonzimmer war wie eine kleine Sauna. Ich konnte nur unsere abgehackte Atmung hören. Ich hatte nicht mitgekriegt, dass weitere Schüsse gefallen waren. Allerdings hätte ich vermutlich nicht einmal bemerkt, wenn das Haus in die Luft gejagt worden wäre.

Denn in dieser kleinen Nische unter der Treppe löste sich die Welt auf. Nichts außer Jed und mir existierte. Ich verspürte nur noch die Gefühle, die er in mir auslöste.

Da war keine North, die CEO mehr. Keine North, Macons Tochter. Keine North, die ältere Schwester. Ich war nur... Prinzessin.

Ausnahmsweise war ich einmal in meinem Leben damit einverstanden. Denn ich hatte das Eine getan, von dem ich nie gedacht hatte, dass ich es tun könnte.

Ich hatte meine Schutzschilde gesenkt. Hatte jemanden an mich rangelassen. Hatte vertraut. Und es fühlte sich so, so gut an.

Doch das hielt nie lange an. Ich fragte mich, wie mir das hier um die Ohren fliegen würde, denn irgendwann passierte das mit allem Guten.

7

ED

NORTH WAR IN DER DUSCHE. Ihr Hund hatte vor der Tür des Telefonzimmers gelegen, während ich sie genommen hatte. Er war ihr nach oben gefolgt. Ich wollte mich ihr anschließen, aber dann würden wir nie aus der Dusche rauskommen. Ich würde sie dort nehmen und gegen die Fliesen pressen, oder wenn die Dusche über eine Bank verfügte, würde ich sie über diese beugen. Fuck ja. Dann würde ich sie zu ihrem Bett tragen oder zur nächsten horizontalen Oberfläche und dort erneut über sie herfallen.

Deswegen war ich in der Küche und versuchte,

mich um das Essen zu kümmern, während ich sie mir nackt und feucht vorstellte und mit Seifenschaum, der über ihre perfekten Titten und wohlgeformten Schenkel glitt.

Ich war hart. Es war zehn Minuten her, seit ich den heftigsten, intensivsten Orgasmus meines Lebens gehabt hatte. Das hatte mein Verlangen nicht gelindert. Zur Hölle, es hatte es zehnmal schlimmer gemacht. Ich glaubte nicht, dass sie bereit zu mehr war. Noch nicht. Körperlich schon. Ihre Pussy war feucht und sehnte sich nach Sex, aber mental? Sie war zwar die beherrschteste und fokussierteste Person, der ich jemals begegnet war, aber sie war auch wahnsinnig verletzlich. Ja, ich sah es, obwohl sie das nicht wollte.

Sie dazu zu bringen, mir zu vertrauen, wenn sie doch niemandem vertraute...

Ich brauchte Geduld. Genauso wie mein Schwanz.

Mein Handy vibrierte in meiner Tasche. Ich zog es heraus und warf einen Blick auf das Display. Meine Chefin. Ich musste rangehen. Ich hatte sie schon zu lange hingehalten.

„Ja", sagte ich.

„Irgendein Update bezüglich der Bestellung?", fragte sie. Ich stellte sie mir in ihrem Büro vor, das den dichten Virginia Wald überblickte, der Quantico umgab.

„Ich habe mich heute Morgen mit dem Lieferanten

getroffen, aber die Formulare fehlten. Ich werde mich später wieder melden."

„Jed –"

„Sie hat es nicht getan", sagte ich, um sicherzustellen, dass meine Chefin wusste, dass North meiner Meinung nach unschuldig war. „Wir beschäftigen uns mit dem falschen Lieferanten."

„Haben Sie Beweise?"

„Nein." Ich konnte ihr nicht sagen, was wir gerade getan hatten und dass mein Fall gefährdet war, weil ich mich in die Verdächtige verliebte. Es wäre ihr vielleicht sogar egal, weil ich der Einzige war, der in diesem Fall ermitteln konnte. Jeder andere würde wie eine Nonne in einem Puff auffallen. Sie waren alle Großstädter.

„Dann wissen Sie, was Sie zu tun haben."

Ich würde ihr nicht erzählen, dass ich gerade bei North und in ihrem Haus war. Dass ich den besten Sex meines Lebens in einem altmodischen Telefonzimmer gehabt hatte. Mein Job bestand darin, mehr über den Deal in Erfahrung zu bringen, und das war das Update. Ich legte auf und steckte mein Handy weg. Obwohl das Haus riesig war, würde ich es nicht riskieren, überhört zu werden. Meine Chefin würde sich jedoch nicht lange hinhalten lassen. Dadurch realisierte ich erst so richtig, wie verkorkst diese Situation war. Ich war hart. Obwohl ich erst vor kurzem so heftig gekommen war, dass ich einige Sekunden erblindet war. Mein Schwanz wollte sich einfach nicht beruhigen.

Ich öffnete den riesigen Kühlschrank und starrte hinein in der Hoffnung, dass die kühle Luft helfen würde. Dann erinnerte ich mich daran, wie sie geschmeckt hatte, nach Whisky und Sünde. Ich erinnerte mich daran, wie mich ihre Pussy gepackt hatte, als sie gekommen war. An...

„Der Koch hinterlässt immer eine Nachricht."

Ich streckte den Kopf um die geöffnete Tür, als die Stimme erklang.

South. Er scannte die riesige Kücheninsel mit der Marmorarbeitsplatte und deutete dann auf einen Zettel, der an einer Vase mit frischen Blumen lehnte. „Da. North kocht nicht und Macon hat es ganz sicher nicht getan. Der Koch ist jeden Tag hier und bereitet Mahlzeiten vor, damit sie bereit zum Verzehr sind, wann immer sie vom Büro nach Hause kommen."

Ich war näher, also nahm ich den Zettel an mich.

„Hähnchen Enchiladas in der Wärmeschublade", las ich vor. „Guacamole und saure Sahne im Kühlschrank."

Fuck, das klang gut. Anders als die Wainrights konnte ich kochen, auch wenn meine Ranchküche kein Vergleich zu dem hier war. Ein Junggeselle würde verhungern, wenn er kein Talent im Umgang mit einem Messer und einer Pfanne hatte, aber ich hatte so ein Gefühl, dass diese Mahlzeit episch werden würde, denn Macon hätte jeden gefeuert, dessen Essen schlecht war.

„Willst du ein Bier?", fragte er.

Falls er irgendein Problem damit hatte, dass ich seine Schwester unter der hinteren Treppe gefickt hatte, ließ er es sich nicht anmerken. Andererseits waren er und seine Brüder draußen damit beschäftigt gewesen, irgendwelchen Scheiß vom Himmel zu schießen, und ich nahm an, dass er keine Ahnung hatte. Ich bezweifelte, dass er mir andernfalls ein Bier angeboten hätte.

„Klar."

Ich lehnte mich an die Arbeitsplatte und sah zu, wie er um die Kücheninsel ging, sich bückte und eine Tür öffnete. Er zog ein Bier aus einem, wie ich annahm, kleinen Weinkühlschrank und holte dann noch eines raus.

Er schob es über die Arbeitsplatte zu mir. Ich nahm es, entfernte den Kronkorken und trank einen Schluck. Meine Kehle war trocken, weil ich North so hart auf meinem Schwanz hatte kommen lassen.

„Hol auch eins für mich raus", sagte East, als er aus dem Vorraum hereinkam und die Whiskyflasche auf die Theke stellte. Sie war nicht einmal zur Hälfte geleert, was bedeutete, dass sie nicht betrunken waren.

West, der die Gewehre trug, folgte. Er neigte sein Kinn in meine Richtung, während er aus dem Zimmer marschierte, vermutlich um die Waffen zu verstauen.

Ich hatte Fotos der Wainright Männer in meinen Akten gesehen, aber in Realität waren sie größer. East hatte gesagt, dass er auf der Highschool und im College Football gespielt hatte. Er musste damals schon groß gewesen sein, vor allem um ein Stipendium dafür zu erhalten, und jetzt war er wahrscheinlich noch größer. Ich schätzte ihn auf einen Meter neunzig und zweihundertzwanzig Pfund. Ich hatte zugesehen, wie er ein riesiges Sandwich auf der Totenwache seines Vaters verschlungen hatte. Ich vermutete, dass er viele Kalorien brauchte, um seine Energiereserven aufzufüllen.

South war kleiner und schlanker. Er hatte eher die Statur eines Läufers, aber konnte seinen Mann stehen, daran hegte ich keinerlei Zweifel.

West kam ohne die Flinten zurück. East hatte ein Bier für ihn geholt und reichte es weiter. Sie hatten alle braune Haare in verschiedenen Schattierungen, aber sahen sich nicht sonderlich ähnlich. Und keiner sah aus wie North.

Sie starrten mich alle an und nur die Kücheninsel trennte uns, die so groß war wie meine gesamte Küche.

Ich fragte mich, warum es Kerle, die so groß waren, nicht mit Macron aufnehmen und ihre Schwester beschützen hatten können.

„Du und North, hm?", fragte West und musterte mich von Kopf bis Fuß.

Es konnte schwer sein, drei Brüder für sich zu

gewinnen, aber ich hatte so ein Gefühl, dass sie einfacher einzunehmen wären als North selbst.

„Ich und North", erwiderte ich und verriet ihnen nicht mehr als das. Ich wusste, was ich von North wollte – alles, insbesondere nach dem, was wir gerade getan hatten – aber sie war noch nicht so weit. „Mein Beileid zum Tod eures Vaters."

Sie sahen einander an und lachten, ehe sie von ihren Bieren tranken. „Ja, danke", meinte South, aber er wirkte überhaupt nicht traurig. Keiner von ihnen tat das.

„Hab euch nicht auf der Totenwache gesehen", bemerkte ich, wobei ich zu South und West sah.

„North hatte alles unter Kontrolle", sagte West.

„Bist du dir da sicher?", fragte ich. Sich allein mit neugierigen Stadtbewohnern zu befassen, erschien mir nicht fair. Oder spaßig.

„Wir waren auf dem Weg, aber dann schrieb uns East und erzählte, dass North rumgeschossen und das Ganze vorzeitig beendet hat. Niemand wird sich mit unserer Schwester anlegen."

„Ja, du kennst unsere Schwester nicht", fügte West hinzu.

Das tat ich nicht, aber ich lernte sie allmählich kennen. Falls ihr ihre Brüder das Leben schwer machten, würde ich ihnen die Köpfe zurechtrücken. Mir war egal, dass sie aussahen, als wären sie Spieler einer nationalen Rugbymannschaft, und dass sie einen Floh vom Rücken eines Eichhörnchens schießen konnten.

„Kennt ihr sie?", entgegnete ich.

South empörte sich, seine Schultern strafften sich und er kniff die Augen zusammen. „Was zum Henker ist dein Problem? Du kommst hier reinsparziert, als wüsstest du, was hier abläuft."

„Ihr seid ihre Brüder. Es ist eure Aufgabe, auf sie aufzupassen."

„Du meinst, sie zu umarmen, während sie den Tod unseres Vaters beweint?", fragte West. „Sie wird ihm keine Träne nachweinen. Keiner von uns wird das tun. Wir sind alle froh, dass er endlich unter der Erde ist."

East hielt eine Hand hoch und seine Brüder beruhigten sich. „Ich glaube nicht, dass er das gemeint hat." Er blickte zu seinen Brüdern, die ihn flankierten, dann wieder zu mir. „Was weißt du, von dem wir nichts wissen? North erzählt uns nie irgendetwas. Du stehst hier und tust so, als würde ihr jemand schaden."

Wests Rücken wurde schnurgerade. „Was? Wer? Ein Besuch von uns dreien sollte jeden Kerl dazu bringen, den Rückzug anzutreten und sich in die Hose zu machen."

Dem stimmte ich zu.

„Ich würde mit eurem Dad anfangen", sagte ich bloß, obwohl ich mich freute, zu hören, dass West North beschützen wollte.

Sie verstummten, als wären sie von einem Elektroschocker getroffen worden. Ihre Kiefer mahlten und ihre Augen wurden schmal, das war alles.

„Was hat er getan?", fragte South schließlich mit leiser Stimme. Ruhig. Zu ruhig.

Ich zuckte mit den Achseln, obgleich ich eine recht gute Vorstellung davon hatte. Wenn ich richtig lag, verdienten es die Brüder, davon Bescheid zu wissen. „Ich bin mir noch nicht sicher. Sie erzählte mir, dass jemand in die Fußstapfen eures Vaters treten musste. Ich glaube, sie hatte keine Wahl."

South sah zu Boden und fluchte leise. „Dieses Mädel, sie ist so verdammt stur. Und eine Lügnerin. Niemand *musste* das Geschäft übernehmen. Wegen mir kann es in die Brüche gehen."

„Bis auf die... wie viele sind es? Tausend oder mehr Angestellte, die dann in Zentralmontana keinen Job mehr hätten?", entgegnete ich.

Er presste die Kiefer zusammen, weil ihm allmählich das Ausmaß von Norths Bürden dämmerte. „Du glaubst, er hat ihr wehgetan und sie hat es uns nicht erzählt?"

„Was ist sie für dich überhaupt?", wollte East wissen, der South ignorierte und sich stattdessen auf mich konzentrierte. „Hab gehört, du bist für deinen Boss zur Totenwache gekommen."

Ich hatte keine Ahnung, woher er das wusste, aber es überraschte mich nicht.

West zog fragend eine Augenbraue hoch und East fügte hinzu: „John Marshall."

Als sie ihre Blicke dieses Mal auf mich richteten, war eindeutig, dass sie wussten, welche Art von Mann Marshall war. Was bedeutete, dass sie vermutlich das Gleiche von mir dachten. Leute vom gleichen Schlag und das alles.

„Es ist eure Aufgabe, North zu beschützen, weil ihr ihre Brüder seid", sagte ich und ließ Marshall aus diesem Gespräch raus. „Es ist meine Aufgabe, sie zu beschützen, weil sie *mein* ist. Falls ihr irgendjemand den Hintern versohlt, weil sie sich in Gefahr gebracht hat, dann werde das ich sein."

Nach dem, was wir gerade in dem winzigen Raum getan hatten, gab es kein Zurück mehr.

„Weiß sie das?", erkundigte sich West.

„Wir sind auf dem Weg dorthin", antwortete ich und schaute zu South. „Wie du sagtest, sie ist stur."

„Marshall ist ein Arschloch. Warum sollten wir einem Typen vertrauen, der für ihn arbeitet?", fragte South.

„Weil ich anfange, ihm zu vertrauen", sagte North, die in das Zimmer trat. Ihre Füße waren nackt, weshalb wir sie nicht gehört hatten. Hätte sie ihre High Heels angehabt, hätten wir ihr Herannahen nicht überhören können.

Ihre Brüder würden mich nicht so schnell in der Familie willkommen heißen. Das war mir allerdings scheißegal, weil ich auf North stand, nicht auf sie. Ich würde ihr Bett wärmen und sie beschützen, mir ihre Geheimnisse anhören. Ihre Bürden tragen. Ich konnte all das tun, wenn sie zu ihren Leben zurückkehrten, die... anderswo waren.

Sie trug Leggings in der Farbe einer Aubergine und ein langärmliges T-Shirt, das über ihre perfekten Hüften und Hinterteil hing. Sie war vom Hals bis zu den Knöcheln bedeckt, aber ihre weichen Kurven wurden betont. Ich war dankbar für die Theke, hinter der ich meinen Ständer verstecken konnte.

„Ich arbeite mich im Büro gerade durch Macons Verträge. Ich habe Julian angewiesen, den Marshall Deal ganz oben auf den Haufen zu legen, und bin ihn vorhin durchgegangen." Sie starrte mich mit ihren klugen blauen Augen an. Sie hatte in dem, was sie gelesen hatte, nichts Verdammendes gefunden, weder über mich noch über den Deal. Ansonsten hätte sie mir auf keinen Fall erlaubt, sie zu berühren. Sie hatte zum zweiten Mal eine Schrotflinte in der Hand gehabt und ich war noch nicht tot.

„Und?", fragte West.

North ging zur Wärmeschublade, die sich direkt unter den Doppelbacköfen befand. Mit einem Geschirrtuch, das vom Griff hing und sie sich schnappte, hob sie die Auflaufform mit den Enchiladas aus dem Ofen und stellte sie auf einen dicken Holzuntersetzer.

„Marshall hat zweitausend Acres oben in der Nähe von Provost gekauft. Macon wollte ihm das Land abkaufen", berichtete sie.

Das war die Grundlage des Deals. Es entsprach komplett der Wahrheit, in zwei Sätzen.

„Warum? Was macht dieses Land so besonders?", fragte South, während North Teller aus einem Küchenschrank holte. Als sie ihre Arme hob, um nach ihnen zu greifen, rutschte ihr Shirt nach oben und ich erhielt einen guten Blick auf ihren Hintern in der engen Hose. Vor einer kleinen Weile hatte ich den noch mit den Händen gepackt und ich war schon wieder bereit, ihr die Hose vom Hintern zu schälen. Mit den Zähnen.

„Wainright Holdings kauft Land, das potenziell als gefährdet betrachtet wird. Wir kaufen es, um das zu beschützen, was auch immer dort ist, bedrohte Tierarten oder Wälder. Manche der Grundstücke behalten wir, manche spenden wir, damit sie für zukünftige Generationen in ihrem wilden Zustand belassen werden." Sie sprach, während sie Servietten und Besteck holte, wobei sie keinen ihrer Brüder ansah. Es klang, als würde sie ein Verkaufsgespräch mit ihren Brüdern führen.

„Das klingt nicht nach Macon", spottete West.

„Ja", stimmte South zu, der sich einen Pfannenwender aus einem Tontopf am Herd nahm und begann, Enchiladas auf Teller zu heben, wodurch er North zwang, aus dem Weg zu gehen.

„Das klingt nach mir", erwiderte sie.

Ihre Brüder drehten sich zu ihr um.

Sie zuckte mit den Achseln. „Das ist es, worum ich mich im Büro kümmere. Das ist mir wichtig. Das war Mom wichtig."

Zum vielleicht ersten Mal – abgesehen von dem Moment, als ich in ihr gewesen war – hörte ich Sanftheit in Norths Stimme. *Das* war ihre Leidenschaft und das, wozu sie bestimmt war. Ich hatte von ihrer Rolle als Leiterin der Wohltätigkeitsabteilung gewusst, aber sie nie darüber sprechen gehört. Ich hatte nie gehört, was sie davon hielt. Das hier war die echte North, die sich mit ihren Brüdern unterhielt. Ich durfte das sehen und es warf die Frage für mich auf, ob sie wusste, was für das Land als Nächstes geplant gewesen war. Ich würde schwören, dass sie keine Ahnung hatte, nicht in ihren nackten Füßen und einem Teller mit Enchiladas in den Händen.

Doch meine Chefin würde das nicht als Beweis akzeptieren. Falls der Deal zustande kam, machte sie das nur noch verdächtiger. Da Marshall mich nicht angerufen hatte, nahm ich an, dass das noch nicht geschehen war.

„Macon war Mom scheißegal", sagte East, der einen gefüllten Teller von South entgegennahm. Er war zwei oder drei Jahre alt gewesen, als sie gestorben war, und ich bezweifelte, dass er sich an die Frau erinnerte, aber ich war mir sicher, dass Macon seine Meinung kundgetan hatte.

South schaute zu mir und deutete mit dem Kopf zum Kühlschrank. „Hol die Guacamole und saure Sahne."

Ich holte sie, dann stellte ich die Soßen neben die Auflaufform. East schaufelte sofort Guacamole auf einen Löffel und gab sie auf sein Essen wie Schlagsahne auf einen Eisbecher.

„Deswegen arbeite ich dort. Ich habe Macon all diese Zeit auf Linie gehalten und jetzt, da ich CEO bin, kann ich die Firma in die Richtung lenken, die Mom immer einschlagen wollte", sagte sie. Es war das Gleiche, das sie mir erzählt hatte.

„Du hast Macon auf Linie gehalten?", fragte South und stellte einen gefüllten Teller vor North auf die Theke.

North erstarrte, während sie nach der sauren Sahne griff, und schaute zu ihrem Bruder hoch. „Ja, das habe ich."

Sie hatte Macon nicht von all seinen zwielichtigen Geschäften abgehalten. Entweder wusste sie von diesen und hatte es durchgehen lassen. Oder sie war im Dunkeln gehalten worden und bezog sich auf etwas völlig anderes.

„Bist du deswegen in diesem Haus geblieben? Hast Tag und Nacht mit ihm gearbeitet? Um ihn auf Linie zu halten?", fragte West mit vollem Mund.

Es war beeindruckend, wie North einen Schutzschild um sich legte, wie jeder andere einen Mantel anlegen würde. Ihre Brüder schienen das nicht zu bemerken, aber die Eisprinzessin war zurück. Wests Frage hatte sie dazu veranlasst, ihre Mauern wieder hochzuziehen. Ich hatte recht gehabt. Sie war irgendeinen Deal... oder Deals mit ihrem Vater eingegangen, um ihre Brüder zu beschützen. Er mochte sie nicht geschlagen oder unangemessen berührt haben, aber er hatte sie dennoch benutzt. Sie hatte sich für das Glück ihrer Brüder verkauft.

„Das habe ich nicht sonderlich gut gemacht, oder?", fragte sie mit sanfter Stimme, die jedoch von Stahl durchzogen war.

East schaute zu mir, als käme ihm unser kleines Gespräch wieder in den Sinn, das wir geführt hatten, bevor sie nach unten gekommen war. „Was hat er dir angetan?"

„Nichts", antwortete sie und stach mit einer Gabel in ihre Enchilada.

East stellte seinen Teller scheppernd auf die Theke. North zuckte zusammen.

Er legte seine Handflächen auf den Marmor, beugte sich nach vorne und schaute sie finster an. „Wir sind deine Brüder. Sag uns, was er getan hat."

Röte kroch in Norths Wangen, aber sie schwieg.

East warf frustriert die Hände in die Luft. „Fuck, North. Sehe ich so aus, als könnte ich es nicht mit

Macon aufnehmen?" Er sah zu South und West. „Sehen sie aus, als könnten sie es auch nicht?"

„Du hast keine Ahnung", wisperte sie.

„Dann erzähl es uns!", brüllte er.

Sie machte einen Satz. Ihre Hand zitterte und sie legte ihre Gabel ab.

Ich packte sie und zog sie in meine Arme, sodass ihr Rücken an meiner Vorderseite lehnte. Da sie barfuß war, konnte ich mein Kinn auf ihrem Kopf ablegen. Sie so nah an mich zu drücken, wie ich konnte, war im Moment das, was einer innigen, schützenden Umarmung noch am nächsten kam.

Ich wollte East sagen, dass er sich zurückhalten sollte, aber es war eindeutig, dass er keinen blassen Schimmer hatte, was vor sich gegangen war. Er hatte sich seine Wut verdient, denn ich verspürte den gleichen Zorn auf Macon Wainright und ich war nicht einmal sein Kind. Ich war nicht in seinem Haus aufgewachsen.

Doch North brauchte Trost und musste wissen, dass sie in Sicherheit war, während ihre Brüder tobten. Sie musste wissen, dass das, was geschehen war, nicht ihre Schuld war. Indem ich meinen Kopf senkte, flüsterte ich ihr ins Ohr: „Erzähl es ihnen, Prinzessin. Was du für sie getan hast."

Ich war mir nicht sicher, ob meine Worte die richtigen waren, aber ich sagte sie trotzdem. Ein Bluff. Damit sie dachte, ich würde Bescheid wissen und es wäre kein Geheimnis mehr. Sie war bei mir in Sicherheit. Bei ihren Brüdern.

Niemand sprach. Niemand bewegte sich. Die Männer warteten. Ich hielt die Luft an und hoffte, dass sie endlich, *endlich* ihr Herz ausschütten würde.

„Ich ließ euch aufs College gehen", sagte sie mit leiser Stimme, als wäre es schwer für sie, das auszusprechen.

„Was meinst du damit, du *ließt uns*?", wollte South wissen. Sein Teller stand unberührt auf der Theke.

Sie sah auf und ihren Brüdern, die auf der anderen Seite der Kücheninsel waren, in die Augen. „Macon wollte euch nicht gehen lassen. Keinen von euch."

„Warum?", fragte East mit gerunzelter Stirn.

„Weil er ein Arschloch war", sagte sie. Sie zitterte und ich drückte sie noch fester an mich.

„Du bist gegangen", stellte East fest.

Sie nickte. „Ja, auf die Uni, die er wollte. Der Studiengang, den er wollte."

„South war im nächsten Jahr dran. Was hast du getan?", fragte East.

„Ich habe einen Deal mit ihm vereinbart. Deals."

Sie atmete aus. Ich spürte, wie sie buchstäblich in sich zusammenfiel, als sie das Geheimnis preisgab.

Ich hatte recht gehabt und war in meinen Gedanken schon wütend gewesen. Aber sie bestätigte meine Vermutungen und das machte alles noch viel schlimmer.

„Du bist einen Deal mit Macon eingegangen, damit ich aufs College gehen konnte?", fragte South. „Ich war achtzehn. Ich hätte einfach gehen können. Hätte alles hinter mir lassen können."

Ich veränderte meine Position leicht, sodass ich Norths Profil sehen und beobachten konnte, wie sie sich über die Lippen leckte. „Du wolltest Kunst studieren. Du weißt, was er davon hielt. Er wollte dich zerstören. Irgendwie."

Souths Augen weiteten sich. „Wie zum Teufel wollte er das tun?"

„Ich weiß es nicht. Er hat es nicht gesagt. Was auch immer nötig gewesen wäre, um dich daran zu hindern." Die Worte kamen ihr jetzt einfacher über die Lippen.

„Und ich?", fragte East. „Er hat mich aus dem Footballteam werfen lassen und ich habe fast mein Stipendium verloren. Hast du ihn dazu gebracht, seine Meinung zu ändern?"

Sie nickte. „Er wollte dir das Bein brechen lassen, damit du das Stipendium nicht kriegst."

East wirbelte auf dem Absatz herum und lief weg.

Heilige Scheiße. Der Mann hätte seinem Kind das Bein brechen lassen?

„Und ich?", wollte West mit zusammengepressten Zähnen wissen.

„Spielt es eine Rolle?"

Wests Nasenflügel blähten sich. „Für mich schon!

Wir haben also das College bekommen und was hat er im Gegenzug gekriegt?", fragte West.

North schüttelte den Kopf und sie schwankte beinahe in meinen Armen. „Das kann ich dir nicht erzählen. Du kennst die Wahrheit und das reicht. Ich habe getan, was ich musste, um euch hier rauszukriegen. Um euch zu beschützen. Damit eure Träume in Erfüllung gingen."

„Was ist mit deinen Träumen?", fragte South. Jetzt war er nicht mehr wütend, sondern am Boden zerstört.

Ich lockerte meinen Griff um sie, als sie versuchte, sich umzudrehen. Sie wandte sich mir zu und legte ihre Stirn auf meine Brust. Ich seufzte zufrieden darüber, dass sie Trost bei mir und in meinen Armen suchte.

Fick mich, diese Frau. Sie brachte mich um.

Ich wusste nicht alles. So wusste ich beispielsweise nicht, was sie Macon gegeben hatte. Aber ich hatte so ein Gefühl, dass sie das viel öfter getan hatte als nur für ihre Brüder. Zum Beispiel auch für Jock.

Das hier war ein Anfang. Ich bückte mich, sodass wir uns auf Augenhöhe befanden. „Das hast du gut gemacht."

„Ich... ich habe keinen Hunger mehr", murmelte sie. Das Feuer in ihren Augen war erloschen. Eis war auch keines mehr zu finden. Nur... Erschöpfung. „Ich werde ins Bett gehen. Man sieht sich."

Man sieht sich? Scheiß darauf.

Ich küsste ihre Stirn, dann ließ ich sie los. Sie lief aus der Küche, doch South ging um die Kücheninsel, um sie zu stoppen. Er zog sie in seine Arme und umarmte sie innig. East und West schlossen sich ihm an, wobei einer ihren Kopf streichelte und der andere ihre Hand nahm. Dann ließen sie sie los.

Sie sagten eine Weile nichts, vielleicht damit North den Weg durch das große Haus hinter sich bringen konnte. West schnappte sich die Whiskyflasche und schraubte den Deckel grimmig ab. Dann nahm er einen großen Schluck.

„Sie hat sich an dich gewandt", stellte er fest.

Ich nickte. „Ich bin wegen Marshall zu der Totenwache gegangen, aber ich bin wegen North hier."

„Kitzel die Wahrheit aus ihr heraus", befahl mir West. Er hatte offensichtlich gesehen, dass sie sich an mich gewandt hatte. „Wenn noch irgendjemand lebt, der in diese Deals verwickelt war, dann möchte ich das wissen. Wir machen sie fertig."

South und East nickten und traten neben ihren Bruder. Sie waren jetzt vereint, nicht nur in ihrem Hass auf Macon, sondern als Beschützer von North.

Mir war sogar scheißegal, dass sie einem FBI-Agenten gerade gesagt hatten, dass sie einen Mord in Erwägung zogen. Denn ich wäre vielleicht derjenige, der ihnen die Kugeln dafür gab.

8

North

Ich ließ mich auf mein Bett fallen und starrte zur Decke hoch. Vielleicht war es der Whisky, der mir die Geheimnisse entlockt hatte. Vielleicht war es der Orgasmus im Telefonzimmer. Ich konnte noch immer spüren, wie Jed in mir pulsiert hatte. Die Wundheit, weil ich so hart und gründlich genommen worden war.

Die Emotionen, die mich bombardierten, waren zu viel. Fantastischer Sex. Sex, bei dem es eine tatsächliche Verbindung gegeben hatte und der so heiß, so intensiv gewesen war, dass ich den Verstand verloren hatte. Ich hatte geschrien, als ich gekommen war. Gott sei gedankt für die robuste, alte Hausbauweise.

Es war der beste Sex meines Lebens gewesen mit einem Mann, der mich in den Wahnsinn trieb. Er war so herrisch wie ich. Schlimmer, denn er bekam seinen Willen. Das war jedoch nicht der Grund, aus dem ich ihn wie einen Berg besteigen und zugleich erschießen wollte. Es lag daran, dass es mir *gefallen* hatte, als er mir gesagt hatte, was ich tun sollte.

Das war wahnsinnig furchterregend, weil Macon mich herumkommandiert hatte und ich einlenken hatte müssen. Bei ihm hatte ich nicht gewinnen können. Manchmal hatte ich Kompromisse aushandeln oder kurzfristige Erfolge feiern können, aber auf lange Sicht hatte ich stets verloren.

Warum verliebte ich mich in Jed? Hatte ich einen Daddy-Komplex? Ich stöhnte, weil das einfach lächerlich war und ein vollkommen furchteinflößender Gedanke. Ich drehte mich auf meinen Bauch um.

Es spielte keine Rolle. Jed war vermutlich mittlerweile schon auf halbem Weg zurück zu seinem Haus. Er hatte bekommen, was er gewollt hatte. Er hatte mir an die Wäsche gedurft. Er war gekommen und ich hatte ihm währenddessen vertraut.

Das Ende.

Ich rollte mich wieder herum und starrte noch etwas länger an die Decke.

Ich würde mich meinen Brüdern stellen müssen. Irgendwann. Sie hatten jetzt sogar noch mehr Grund dazu, ihren Vater zu hassen. Es spielte jedoch keine Rolle, weil er tot war. Es war vorbei. Macon konnte uns jetzt nicht mehr zusetzen.

Doch stimmte das? Ich hatte mir die Akten angeschaut, die Julian für mich besorgt hatte. Nachdem Jed heute Morgen gegangen war, hatte ich meine Zeit zwischen den Meetings damit verbracht, durchzulesen, was mein Vater getrieben hatte. Ausstehende Geschäftsabschlüsse, an denen Macon gearbeitet hatte. Von manchen hatte ich gewusst, andere waren neu für mich gewesen.

Ich hatte über seinem Deal mit Marshall gebrütet. Der ursprüngliche Besitzer des Landes hatte nicht an Macon verkaufen wollen, vermutlich weil er es sich mit dem Mann verscherzt hatte. Aber er hatte an Marshall verkauft. Macon sollte ihm daraufhin das Land abkaufen. Man erwartete nun von mir, dass ich es Marshall abkaufte, was der Grund dafür war, dass Jed überhaupt erst vorstellig geworden war.

Marshall wartete auf Millionen für ein Grundstück, das er wahrscheinlich nicht einmal wollte. Er würde einen hübschen Gewinn einstreichen, nach dem zu urteilen, was Macon ihm dafür versprochen hatte, dass er den Mittelmann spielte. Marshall hatte natürlich nicht damit gerechnet, dass Macon einfach sterben würde. Da der Deal nicht mit Macon persönlich vereinbart worden war, sondern mit Wainright

Holdings, musste jemand auf der gepunkteten Linie unterschreiben und das Geld überweisen.

Jed hatte gesagt, er sei für Marshall zu der Totenwache gegangen und wegen mir geblieben. Sein Erscheinen heute Morgen in meinem Büro hatte zu seinem Job gehört. War er deswegen heute Abend hier aufgetaucht? Um mir Orgasmen zu schenken im Austausch dafür, dass ich beendete, was Macon versprochen hatte?

War ich für Jed nur eine Transaktion? Es gab nur eine Möglichkeit das herauszufinden. Ich stieg aus dem Bett, zog meinen Laptop aus meiner Ledertasche und stellte ihn auf meinen Schreibtisch. Dieser war nach Westen ausgerichtet und die Aussicht beeindruckend. Die Sonne ging gerade unter und ich beobachtete, wie sie langsam hinter den zackigen Gipfeln verschwand. Ich rief den rechtlichen Papierkram für Marshalls Deal auf meinem Laptop auf, unterschrieb an den gekennzeichneten Stellen und drückte auf Absenden.

Es war erledigt.

Der Vertrag für das Land war unterschrieben. Ich zog mein Handy aus der schmalen Tasche in meinen Leggings und rief Julian an. Er hob wie üblich beim ersten Klingeln ab. Das tat er immer, egal, zu welcher Uhrzeit ich anrief.

„Der Landkaufvertrag mit Marshall ist unterschrieben", informierte ich ihn. „Stell sicher, dass die Transaktion morgen während der Geschäftsstunden der Banken über die Bühne geht."

„Wird erledigt", antwortete er, dann legte er auf.

Ich beobachtete, wie sich die Farbe des Himmels von orange zu pink veränderte. Ich liebte es hier. Das Land. Das Haus. Alles, das meine Familie über Generationen aufgebaut hatte. Es machte alles keinen Sinn mehr, seit Macon alles beschmutzt hatte.

Meine Brüder. Mich.

Vor allem mich.

Ich spürte ein Stupsen an meiner Wade und sah hinab. Eddie. Ich streichelte ihn und sein Schwanz klopfte gegen das Bein meines Schreibtisches, während er hin und her wedelte. Ich hatte die Tür nicht komplett geschlossen und er hatte sie aufgestoßen, um sich in das Hundebett in der Ecke zu legen, in dem er nachts schlief.

Er folgte mir stets durch das ganze Haus. Manchmal nahm ich ihn mit ins Büro, wenn ich mit dem Auto fuhr, die meiste Zeit blieb er jedoch hier und schlief, weil ich den Helikopter nahm. Da er kein Welpe mehr war, tat er das den lieben langen Tag. Plus schnarchen und pupsen.

Macon hatte sich darüber beschwert, was für ein schrecklicher Wachhund er war.

Ich hatte mir Eddie nicht zugelegt, damit er mich

beschützte. Der Hund schenkte mir bedingungslose Liebe und wollte im Gegenzug nichts. Während ich in das süße Gesicht starrte und darüber nachdachte, wurde mir bewusst, dass das wirklich verdammt traurig war.

„Jeder Kerl will nur ein wenig Aufmerksamkeit von dir."

Mein Kopf fuhr herum und mein Herz setzte einen Schlag aus. Jed stand in meinem Türrahmen und füllte ihn größtenteils. Er nahm seinen Hut ab und warf ihn auf meinen Lesesessel in der Ecke. Dieser stand neben einem jetzt kalten Kamin.

„Wie hast du hier hochgefunden?", fragte ich.

Er deutete auf den Hund. „Er folgt dir überallhin."

„Genauso wie du", erwiderte ich. Ich war noch nie verletzlicher gewesen als bei Jed. Nicht einmal Macon hatte diese Gefühle in mir hervorgerufen. Ich hatte meine Emotionen gut vor meinem Vater verborgen oder er hatte sie nicht sehen wollen.

Doch Jed *sah* mich. Ich hatte keine Ahnung wie. Oder warum er jemanden so Verkorksten mich wollte.

Ich stand auf und Eddie spazierte zu seinem Bett. „Warum hast du das in meiner Küche getan?"

„Was?"

Ich verschränkte die Arme vor der Brust. „Mich gezwungen, es meinen Brüdern zu erzählen. Das war nicht dein Geheimnis und du hattest keine Erlaubnis, es zu mit anderen zu teilen."

„Du hast recht. Es war deines. Aber sie verdienen es, davon zu wissen, North. Davon, was ihr Vater tat. Wie er wirklich war."

Ich lachte. „Das wussten sie."

Er schüttelte den Kopf. „Sie hatten keine Ahnung."

Ich warf die Hände in die Luft, weil er wusste, wie er mich auf die Palme bringen konnte. Mich wild machen konnte. Er machte mich wütend und faszinierte mich zugleich. Als er ums Haus gerannt war, weil er Schüsse gehört hatte, hatte mich ein Schauder durchlaufen. Ich hatte die Sorge auf seinem Gesicht gesehen.

Er war wegen mich auf Schüsse zu gerannt.

Was meine Gedanken nur zu der Frage zurückführte, was er wollte. Warum würde er für eine Frau, die er kaum kannte, zu einer Gefahr rennen? Warum war er wirklich noch hier? Er hatte bereits Sex bekommen und dennoch war er nach dem Drama, das sich in der Küche abgespielt hatte, noch immer hier. Er hatte seine Mission noch nicht beendet.

War er wegen des Deals hier? Er wusste nicht, dass ich die Papiere unterzeichnet hatte. Nur Julian wusste das. Er hatte mich gefickt und morgen früh würde er erfahren, dass der Deal erledigt war.

Sollte ich mich heute Nacht mit ihm vergnügen, bevor er weiterzog? Marshall würde morgen sein Geld haben und Jed auf jemand anderen angesetzt werden, dem es zuzusetzen galt. Ich hatte ein nettes Grundstück und einige heiße Erinnerungen gewonnen. Ich würde nie wieder in das Telefonzimmer gehen können, ohne an Sex an der Wand und Jed zu denken.

„Bin ich anders?", fragte ich.

Er kam in das Zimmer und schloss die Tür hinter sich.

„Anders?", wiederholte er.

Ich erhob mich vom Schreibtisch und klappte den Laptop zu. Der Himmel war jetzt lila und änderte seine Farbe in Richtung schwarz.

„Du arbeitest für Marshall."

„Ja." Er öffnete die Manschette an einem seiner Hemdsärmel.

„Er hat dich zur Totenwache geschickt."

„Ja." Er öffnete den anderen.

„Fickst du Männer, mit denen ein Deal zum Abschluss gebracht werden muss?"

Er zerrte seine Hemdsschöße aus der Jeans. „Ich bin gerne der Einzige mit einem Bart in einer Beziehung."

Meine bohrenden Fragen schienen ihn nicht zu stören, was mich wütend machte. Warum war er die ganze Zeit so... entspannt?

„Was machst du?", fragte ich. Ich genoss zwar die Show, wie er sein Hemd auszog – und die breite Ausdehnung seiner Brust und seines Sixpacks – aber ich wusste nicht, warum er seine Kleider auszog.

„Ich mache mich fürs Bett fertig."

Mein Mund klappte auf, als er das Hemd neben seinen Hut auf meinen Sessel warf. Ich hatte ihn nicht in diesem Zimmer gewollt, damit sich dieses nicht mit Erinnerungen an ihn füllte.

„Hier?"

„Hier."

„Ich will dich nicht in meinem Schlafzimmer haben."

„Das hast du mir schon mal erzählt. Zu intim?"

Ich blinzelte, während er seine Gürtelschnalle öffnete.

„J-ja."

Er ließ seine Hände sinken und der Gürtel hing an seiner Taille offen. Gott, er war umwerfend. Die dunklen Haare, olivfarbene Haut, die sehnigen Muskeln. Sein ruhiges Auftreten trieb mich in den Wahnsinn. Warum wurde er nicht sauer? Warf mit Dingen um sich? Schrie? Damit konnte ich umgehen. Aber dieser kräftige Kiefer, der Bart und der geschickte Einsatz seiner Finger waren Dinge, von denen ich nicht wusste, wie ich mit ihnen umgehen sollte.

Er brachte meine Gehirnzellen völlig durcheinander.

„Was wir in diesem winzigen Zimmer unten gemacht haben, war nicht intim?"

Das war es gewesen. Scheiße, er hatte recht.

„Zieh deine Klamotten aus, Prinzessin."

Er machte sich wieder an seinen zu schaffen. Ich konnte nichts anderes tun, als ihn zu beobachten, denn... wow.

Bald stand er nackt vor mir. N.A.C.K.T.

Bei jeder Begegnung, die wir bisher gehabt hatten, hatte er seine Kleider nicht ausgezogen. Nur seine Hose war vorhin geöffnet worden. Mehr nicht und ich hatte nicht einmal einen Blick auf ihn erhascht. Jetzt stand er vor mir, ein Bild von einem Mann. Perfekt proportioniert, besser als David, und mit dunklen Haaren gesprenkelt. Und dieser Penis. Meine Pussy verkrampfte sich. Der war in mir gewesen?

Er war lang, dick und perfekt geformt. Er wippte auf und ab, war nach oben und zu mir geneigt. Ich konnte Lusttropfen an der Spitze der breiten Eichel sehen. Ich hatte kaum Pornos geschaut, aber mit diesem Ding stand ihm eine solche Karriere im Notfall offen.

„Zwing mich nicht, es auszusprechen", sagte er, womit er mein Starren und Sabbern unterbrach.

Meine Nippel zogen sich unter meinem T-Shirt zusammen, weshalb ich die Arme verschränkte.

„Sag mir nicht, was ich tun soll", giftete ich.

„Rede nur weiter in diesem Tonfall mit mir und wir werden sehen, was du sonst noch mit diesem Mund tun kannst", entgegnete er.

Mein Mund klappte auf und ich schloss ihn schnell wieder. Ich konnte nicht fassen, dass wir dieses Gespräch führten, während er splitterfasernackt vor mir stand. Natürlich verfügte er über keinerlei Schamgefühl, während er mitten in meinem Schlafzimmer stand.

Ich lachte, um zu überspielen, dass mich seine Worte antörnten. Ich blickte hinab auf seine Härte und stellte mir vor, wie sie meinen Mund weit dehnte, wie er es angedeutet hatte.

„Ich werde für dich nicht auf die Knie gehen", verkündete ich und straffte die Schultern.

Er trat einen Schritt auf mich zu. Sein Schwanz schwang hin und her. Ich schluckte.

„Ich werde der *Einzige* sein, für den du auf die Knie gehst", sagte er und seine Augen verengten sich. Er kam nahe zu mir, so nahe, dass er meine Haare nach hinten streicheln konnte und sein Schwanz sich in meinen Bauch drückte. „Dir gefällt es, wenn ich die Kontrolle übernehme."

Ich schüttelte den Kopf, aber seine Hand glitt um mich und schob sich in meine Haare. Ruckte.

Der leichte Schmerzensbiss sorgte dafür, dass ich keuchte. Ich sah ihm in die Augen, während er mich festhielt.

„Dort draußen", er neigte seinen Kopf, um auf jeden Ort außerhalb dieses Raumes hinzuweisen,

„hast du das Sagen. Du kannst so viele verdammte Bälle jonglieren, wie du willst. Deals in diesen Kleidern und High Heels abschließen. In dieser schicken Rüstung, die du trägst. Hier drinnen, wenn du feucht bist und dich nach Aufmerksamkeit sehnst, habe ich das Sagen."

War es das, was mich zu ihm hinzog? Dass ich nichts anderes tun musste, außer ich selbst zu sein, wenn wir allein waren? Dass ich etwas Echtes spüren konnte? Ich wollte das. So sehr wie ich mich danach sehnte, diesen Lusttropfen abzulecken und ihn auf meiner Zunge zu schmecken.

Ich trat zurück und schlang die Arme fester um mich. „Woher weiß ich, ob das hier echt ist?"

„Ich stehe hier splitterfasernackt vor dir, Prinzessin. Ich habe nichts zu verbergen."

Ich konnte ihn nicht anschauen, konnte nicht jeden Zentimeter gebräunter Haut und sehniger Muskeln betrachten, weshalb ich die Augen schloss.

Ich hörte ihn seufzen. „Er hat dich zerstört."

„Ja, das hat er", gestand ich wohlwissend, dass er von Macon sprach. „Ich habe einen heißen Kerl nackt und hart vor mir und wir *reden*. Jede normale Frau würde mittlerweile deinen Schwanz reiten."

„Er betrachtet die Radieschen von unten, Prinzessin. Du bist hier. Es ist Zeit, dass du die Scherben zusammenklaubst und dir das Leben aufbaust, das du möchtest."

„Das möchtest du tun, die Scherben für mich aufklauben, oder? Bin ich das überhaupt wert?"

Ich hörte etwas wie ein Knurren aus ihm kommen, bevor ich in die Luft gehoben und auf das Bett geworfen wurde. Instinktiv stemmte ich mich auf Hände und Knie und wandte mich dem Kopfbrett zu, um von ihm wegzukrabbeln, aber er packte meinen Knöchel.

Indem ich wütend über meine Schulter schaute, begegnete ich seinem finsteren Blick. Ich atmete schwer. „Was machst du?"

„Mir Antworten besorgen", erwiderte er. Seine Hand blieb um mein Fußgelenk liegen, während sich seine andere Hand mit einem harten Hieb auf meinen nach oben gereckten Hintern senkte.

„Jed!", schrie ich, während ich versuchte, ihn mit meinem freien Bein zu treten.

Er riss mich zurück, wodurch ich mit dem Bauch auf die weiche Matratze fiel. Er veränderte seine Position und zog mich auf seinen Schoß, sodass meine Zehen den Teppich berührten, während mein Oberkörper noch auf dem Bett lag. „Was habe ich gesagt, passiert, wenn du schlecht über dich redest?"

Er verpasste mir noch einen Schlag, dann zerrte er meine Leggings nach unten. Noch ein Knurren. „Braves Mädchen. Du lernst allmählich, wie ich dich mag. Ohne Höschen."

Noch ein Hieb, dieses Mal auf meinen nackten Hintern.

Er war nicht sanft und es tat weh, aber das Brennen verwandelte sich in Hitze. Und ich war wütend, was mir Energie verlieh. Dennoch machte mich sein Dirty Talk an und das wiederum sorgte dafür, dass ich mich fragte, auf wen ich wütend war. Ihn oder mich selbst. Wie auch immer, ich sagte: „Ich hasse dich."

„Bei deinen Deals mit Macon, damit deine Brüder aufs College gehen konnten, was hast du ihm angeboten?"

Ich zappelte, wodurch ich nur jeden Zentimeter davon spürte, wie hart er war.

„Wir haben das unten beendet", antwortete ich.

„Nicht einmal annähernd, Prinzessin. Fangen wir mit South an. Er war in der Schule ein Jahr hinter dir. Was hast du deinem Vater für Souths Freiheit gegeben?"

Ich packte die Bettwäsche und schwieg. Er wartete eine Sekunde, dann noch eine, dann begann er, mir den Hintern zu versohlen. Hart. Eine Backe, dann die andere. „Jed!", kreischte ich, aber er hörte nicht auf.

Ich sah Eddie in seinem Bett, zusammengeringelt und tief und fest schlafend. Von ihm würde ich keine Hilfe erhalten.

Jed war gnadenlos.

Der Schmerz würde zu viel werden und ich hatte

keine Ahnung, ob Jed jemals stoppen würde. „Ich habe den Studiengang gewechselt!"

Seine Hand legte sich auf meine heiße Haut. „Sprich weiter."

Ich schwitzte und war wütend und erregt, was mich noch wütender machte.

„Ich wollte Forstwirtschaft studieren und Rangerin werden", erzählte ich. „Doch Macon wollte mich in der Firma haben, damit ich irgendwann die Geschäfte übernehmen konnte. Er sagte, das könnte ich nicht tun oder meinen MBA machen, wenn ich Smokey Bear vögelte."

Ich liebte das Land. Die Wildnis. Jed wusste nicht, dass es meine einzige Zuflucht war. Wandern oder Ausreiten. Schneemobilfahren. Mir gehörte genügend Land, dass ich es ganz für mich allein hatte. Doch jeder Acre, den ich besaß, war nur das, eine Zuflucht. Es war nicht mein Leben.

„Also hat Daddy deinen Studiengang ausgewählt im Austausch dafür, dass South Künstler werden durfte. Was ist mit East?"

Ich sagte nichts, während ich mich an das Gespräch erinnerte, das wir vor all diesen Jahren geführt hatten.

„Brauchst du eine kleine Erinnerung daran, wer hier das Sagen hat?", fragte Jed. „Entweder du redest oder ich versohle dir den Hintern."

Ich schnaubte, dann drehte ich den Kopf. Ich

befand mich in einer peinlichen Position über seinem Schoß, aber Kämpfen schien zwecklos zu sein.

„Nach meinem zweiten Jahr in Harvard kam ich über den Sommer nach Hause, anstatt wie meine Freunde auf Cape Cod zu arbeiten. Er steckte mich in die Postabfertigungsstelle. Ich arbeitete sechzig Stunden die Woche im Keller von Wainright Holdings. Fing ganz unten an."

„Es ist nichts verkehrt daran, in der Postabfertigungsstelle zu arbeiten", sagte er wohl wissend, dass hinter dieser Geschichte mehr als nur harte Arbeit steckte.

„Du hast recht", erwiderte ich. „Ich lernte die nettesten Leute kennen. Ehrliche, nette Leute, anders als Macon und seine Kumpane."

„Du hast erzählt, dass Macon drohte, East das Bein brechen zu lassen. Er hat das nicht getan, um deinem Bruder zu schaden, sondern um etwas von dir zu kriegen."

Ich ächzte, dann stemmte ich mich nach oben. Er erlaubte es mir, zog mir jedoch währenddessen meine Leggings aus. Mein T-Shirt war so lang, dass es meinen Hintern bedeckte, aber das war nicht der Grund dafür, dass ich mich entblößt fühlte. Indem ich meine Beine unter mich zog, setzte ich mich auf die Bettmitte, während Jed nackt auf der Kante sitzen blieb.

„Macon belohnte mich, indem er mich aus dem

Keller holte. Geschäftsessen, damit ich die Grundlagen lernte." Ich machte um den letzten Teil Anführungszeichen in der Luft. „Wie sich herausstellte, war ich nicht die Einzige, die Deals mit ihm abschloss. Tatsächlich war ich bei East das Angebot."

Er erhob sich, schnappte sich seine Jeans vom Boden und zog sie an. Er knöpfte sie nicht zu, aber als er sich zu mir umdrehte und mit der Hand durch seine Haare fuhr, war er wenigstens bedeckt.

„Wie hat er dich angeboten?", fragte er. „Als Golfpartner?"

Ich lachte. „Ich bin tatsächlich ziemlich gut im Golf. Aber nein. Ich sollte einen potenziellen Geschäftspartner ficken."

Jed ging zum Kamin, schnappte sich eine Glasvase und warf sie hinein. Sie zersplitterte in tausend Scherben, von denen manche auf den Teppich flogen. Eddie hob den Kopf, aber legte sich wieder schlafen, als ich mich nicht rührte.

„Hast du es getan?", fragte er schließlich und rieb mit einer Hand über seinen Bart.

„Ich wusste es im Voraus. Er erzählte mir, was ich für ihn tun würde. Im Austausch für meine Zustimmung blieb East bei bester Gesundheit und durfte wie seine Brüder aufs College gehen. In der Nacht, in der es passieren sollte, teilte ich ihm mit, dass ich meine Periode hätte. Um Zeit zu schinden. Zum Glück funktionierte es. Anscheinend wollte Macon von solchen Dingen nicht einmal hören." Es hatte ihn angewidert. „Er verlegte das Treffen um eine Woche, aber das war auch der Moment, in dem er East aus dem Team werfen ließ, um zusätzlichen Druck auf mich auszuüben. Ich musste die Sache durchziehen oder er hätte sein Stipendium verloren und sich das Bein gebrochen."

Ich leckte mir über die Lippen. Ich hatte das niemandem erzählt. Es fiel mir schwer, weil ich zwar zugestimmt hatte, es aber unter Zwang geschehen war. Jeds Wut machte es einfacher.

„Ich ging mit Macon zu dem Restaurant in einem Hotel in Billings. Stellte mich vor. Trank etwas mit dem Typen, dann ging Macon. Der Kerl, ein großer Texaner aus der Ölindustrie, nahm mich mit auf sein Zimmer. Er hatte bis dahin eine Menge Alkohol getrunken und ich bot ihm mehr an. Wie es scheint, kriegt ihn ein übergewichtiger, sechzigjähriger Mann mit einer großzügigen Dosis K.O.-Tropfen in seinem Whisky nicht mehr hoch. Ja, der Mann bleibt nicht einmal bei Bewusstsein. Und erinnert sich an nichts, das passiert ist."

„Du hast ihn unter Drogen gesetzt?" Er wirkte nicht wütend, eher überrascht. Seine Augenbrauen hoben sich bis zu seinem Haaransatz.

Ich zuckte mit den Achseln und zupfte an der Decke. „Es war ja nicht so, als würde der Kerl zugeben, dass er ohnmächtig geworden war und sich nicht mehr an einen Fick mit North Wainright erinnerte. Er verlor das Bewusstsein. Ich ging. Ich sagte kein Wort zu meinem Vater und der Typ auch nicht. Der Deal wurde durchgezogen. East ging dank eines Stipendiums aufs College."

Jed marschierte durch den Raum und setzte sich wieder auf das Bett. Als er mich dieses Mal in seine Arme zog, setzte er mich so auf seinen Schoß, dass ich rittlings auf seinen Hüften saß. Meine Knie ruhten auf dem Bett und mein Hintern auf seinen harten Schenkeln. Mein Shirt rutschte nach oben und er umfing meinen nackten Po, der heiß und wund von dem Spanking war.

„Er benutzte dich auch bei dem Deal mit meinen Eltern. Mit Jock." Es war keine Frage.

Mein Mund stand offen und ich starrte in seine dunklen Augen. Er war mir so nah, dass ich den Blick nicht abwenden konnte. Ich konnte nur ihn sehen. Die verschiedenen Farben in seinem Bart. Die Fülle seiner Lippen. Die dunklen Wimpern, für die Frauen töten würden.

Ich starrte auf seine Lippen, nicht weil ich ihn küssen wollte – auch wenn ich das wollte – sondern weil ich ihm nicht in die Augen schauen konnte, wenn ich das erzählte. Ich konnte lediglich nicken.

„Du warst siebzehn", brachte er zähneknirschend heraus.

Ich nickte erneut. Ich stemmte mich gegen ihn und er ließ mich aufstehen. Er packte mich nicht oder hinderte mich am Weglaufen. Vielleicht nahm er an, dass ich nicht wegrennen würde, weil ich nur ein T-Shirt anhatte, das ich bis zur Mitte meines Schenkels zog. Ich begann, hin und her zu tigern. „Er... er sagte, dass er eigentlich warten wollte, bis ich volljährig sei, doch die Gelegenheit sei zu gut. Und weil der Kerl, den ich ficken sollte, auch siebzehn war, war das in Ordnung."

Aus dem Augenwinkel sah ich, wie er auf die Füße sprang und zu mir marschierte. Er hob mich hoch. „Vorsicht mit dem kaputten Glas." Seine Hände wanderten zu meinem Hintern und ich schlang meine Beine um seine Taille, während er mich so zurück zum Bett trug. Ich saß ein weiteres Mal rittlings auf seinem Schoß.

„Meine Eltern waren bereit zum Verkauf. Warum wollte er den Deal noch versüßen?", fragte er und kehrte wieder zum Thema zurück.

„Er wollte, dass es eine sichere Sache war. Auf deinem Land gibt es wahrscheinlich Öl. Eine Menge. Macon wollte es und die beste Möglichkeit, sicherzustellen, dass deine Eltern an ihn verkauften, bestand darin, eine Verbindung zwischen den Barnetts und den Wainrights zu schaffen."

„Du und Jock in einer Beziehung", sagte er, nachdem er eins und eins zusammengezählt hatte.

„Sag nicht, dass er erwartet hat, dass du ihn heiratest oder so etwas."

„Nein. Dann wäre ich nicht mehr in seinen Fängen gewesen und er hatte große Pläne für mich. Bei Jock wollte er, dass ich ihm meine Jungfräulichkeit schenke. ‚Mach Jocks Schwanz glücklich', sagte er. ‚Sorg dafür, dass es so bleibt.'" Ich blinzelte. „Ich erinnere mich noch gut daran, weil ich so schockiert war. Es war das erste Mal, dass ich den echten Macon sah."

„Du hast es nicht getan. Du hast stattdessen mit ihm Schluss gemacht."

Ich nickte. „Jock war so lieb. Ich mochte ihn wirklich gern und ich konnte nicht zulassen, dass er in Macons… Bösartigkeit verwickelt wurde. Niemand hätte geglaubt, dass North Wainright einen beschissenen Vater hat. Dass ihr Leben ein Alptraum ist. Nicht bei einem Haus wie diesem, nicht bei der *Milliardärsranch*. Ich tat das Eine, das ich tun konnte. Ich erzählte deinem Dad, dass er sich von meinem fernhalten sollte, dass er das, was er ihm anbot, nicht wollte. Dann ging ich."

„Du hast seinen Deal zerstört."

Ich nickte.

„Was hat Macon getan?"

Ich antwortete nicht, weshalb er mein Kinn anhob, damit ich ihm in die Augen sehen musste. „Was hat er getan?"

„Dieses Gespräch… wir haben es nicht der Reihenfolge nach geführt. Jock war zuerst. Er konnte nichts tun, als der Deal mit deinen Eltern platzte. Damals lernte er etwas, dass es keine Konsequenzen nach sich zog, wenn ich aus der Reihe tanzte. Nichts passierte. Ich ging nach Harvard, während er den richtigen Augenblick abwartete. Bis zum folgenden Jahr und South. Dann East und West."

„Warum bist du danach nicht gegangen? Deine Brüder waren fort. Sie sind nie zurückgekommen. Du hättest gehen können. Du hattest deinen Abschluss in der Tasche. Du hättest woanders einen Job finden können."

Wir könnten die ganze Nacht über all die Arten reden, auf die mich Macon kontrolliert hatte. Das hier reichte. Er wusste jetzt, warum ich anderen nicht vertraute. Warum ich ihn beschuldigt hatte, etwas von mir zu wollen.

Ich umfing seinen Kiefer und spürte die Weichheit seines Bartes in meiner Hand. „So viele kleine Schnitte, Jed. Sie bluteten kaum. Aber sie taten trotzdem weh."

„Ich weiß nicht, was zum Henker das bedeutet."

„Es bedeutet, dass er mich in Stücke geschnitten hat. Nur die gezackten, kalten Teile von mir sind noch übrig. Ich bin die Eisprinzessin, schon vergessen?"

Seine Augen weiteten sich, weil er sich an seine Worte erinnerte.

„Das bedeutet, dass ich mich fragen muss, warum

du hier bei mir bist", fuhr ich fort. „Was dein Motiv ist. Dein Plan. Was du von mir nehmen wirst."

Er griff nach dem Saum meines Shirts und hob ihn hoch, wodurch er mich langsam für seine Blicke entblößte. Dann bewegte er seine Knie, sodass ich runterrutschte. Er senkte mich vorsichtig auf den Teppichboden, sodass ich vor ihm kniete.

„Ich nehme nicht, Prinzessin", sagte er. „Du gibst. Willentlich und weil du es möchtest. Denn unter all diesem Scheiß, der dir widerfahren ist, kannst du eine gute Sache erkennen. Etwas Echtes."

„Die Eisprinzessin und der gefallene FBI-Mann."

Sein Mundwinkel bog sich nach oben. „Du hast Erkundigungen über mich eingeholt."

Ich nickte und sah zu ihm auf. Aus irgendeinem Grund war es... tröstlich, vor ihm auf dem Boden zu sein. „Was hast du getan?"

„Stand das nicht in dem Bericht?", fragte er.

„Nein."

„Ich bin Deals mit den Bösen eingegangen. Glaubst du das, Prinzessin? Du solltest besser als alle anderen wissen, dass nicht alles, das man liest, der Wahrheit entspricht."

„Du möchtest, dass ich dir vertraue, aber –" Ich hatte mein Leben für einen Kerl aufgegeben, der bis ins Innerste verdorben gewesen war. Fiel ich auf einen weiteren herein?

„Was sagt dir dein Bauchgefühl? Du bist eine

Expertin in Sachen Arschlöchern. Denkst du, ich bin wie all die anderen?"

Dachte ich das? Ich sehnte mich danach, dass er besser als die anderen Männer war. Der Beste. Aber was ich gelesen hatte und die Tatsache, dass er für Marshall arbeitete...

Und dennoch hatte ich mich bei der Totenwache innerhalb von Minuten von ihm berühren lassen. Ich hatte ihn vorhin in mich gelassen. Ich war auf den Knien. *Jetzt* zweifelte ich?

„Du und ich, wir können gemeinsam gebrochen sein. Zwei Teile, die zusammengefügt werden, um ein Ganzes zu ergeben."

Er streichelte meine Haare, während ich verarbeitete, was er sagte.

„Du bist es, Prinzessin. Ich bin für dich da. Vertrauen."

Ich schüttelte den Kopf, weil ich seine Worte verzweifelt glauben wollte.

„Du bist auf den Knien, aber du kannst jetzt aufstehen. Wenn du mich rauswirfst, werde ich gehen. Aber ich weiß, dass es dich antörnt, wenn ich die Führung übernehme."

„Jed", hauchte ich. Diesbezüglich hatte er recht. Ich liebte das. Brauchte es. Verzehrte mich nach dem leeren Verstand. Dem Vergnügen.

Er verlagerte sein Gemächt und seine dicke

Schwanzspitze erschien im offenen Hosenschlitz seiner Jeans, als ließe er sich nicht mehr einsperren.

Ich war nicht die Einzige mit Sehnsüchten.

„Was dich antörnt, macht mich hart. Du bist meine Frau. Was auch immer du begehrst, werde ich dir geben."

„Ich bin nicht deine Frau", protestierte ich sofort, obwohl es wie Balsam auf einer offenen Wunde war, ihn das sagen zu hören. Ich wollte ihm glauben und zu jemandem gehören. Aber ich kannte ihn kaum und wusste von den schlimmen Dingen, die er getan hatte und wegen denen er aus dem FBI geworfen worden war. Ersetzte ich einen fordernden Mann mit einem anderen, der versuchte mein Leben zu lenken?

„Das bist du. In der Sekunde, in der ich dich wieder sah, warst du mein. Als du mir im Büro deines Vaters im Haus umgeben von all diesen verdammten Tierköpfen dein Höschen gereicht hast, hast du dich mir geschenkt."

Ich starrte zu ihm hoch und lehnte mich in seine Hand. Seine Augen waren dunkel und blickten mich energisch an wegen all der Geheimnisse, die ich abgeladen hatte. Wegen der Wahrheit, die er mir scheinbar immer und immer wieder zu vermitteln versuchte. Er war so stark und leidenschaftlich. Diese ruhige Intensität war das Gegenteil von Macons unbeherrschtem Zorn. Er zeigte mir, dass er die Kontrolle bewahren konnte, ganz gleich, was passierte, und dass ich ihn oder das zwischen uns nicht fürchten musste.

„Es ist an der Zeit, dass du eine Entscheidung triffst, North. Entweder stehst du auf und wirfst mich raus, oder du bläst meinen Schwanz wie ein braves Mädchen."

9

Jed

Ich war ein verdammter Heuchler. Ich saß auf Norths Bett, während mein Schwanz aus der Hose hing und die Frau nackt vor mir kniete. Ich bat sie, mir zu vertrauen und zu glauben, dass ich ihr nicht wehtun, kein Arschloch wie ihr Vater sein und nicht all den fiesen Mist tun würde, den er ihr angetan hatte.

Macon war zwar bösartig und skrupellos und hatte seine eigene Tochter als Schachfigur benutzt, aber sie wusste, was er war. Sie erinnerte sich noch an mich von der Begegnung vor all diesen Jahren, doch das war alles. Dass sie sich die Zeit genommen hatte, Nachforschungen über mich anzustellen, bedeutete, dass sie Interesse hatte und über mich informiert sein wollte. Sie wollte das Gesamtbild kennen, bevor sie mit mir weiterging.

Dennoch waren das alles Lügen. Sie dachte, ich sei ein gefallener FBI-Agent. In Ungnade gefallen. Vom Glück verlassen. Dass ich nur für Marshall arbeitete, um die Rechnungen bezahlen zu können. Sie dachte das alles und war dennoch bei mir. Ich hatte ihr gesagt, dass nicht alles, das sie las, der Wahrheit entsprach. Das war das Einzige, das ich ihr verraten konnte, der einzige Hinweis, dass ich nicht der war, für den sie mich hielt.

Ich hatte nicht gelogen, aber ich hatte ihr auch nicht die Wahrheit gesagt.

Ich konnte nicht.

Wir waren gleich, sie und ich. Ich glaubte einfach an ihre Unschuld und sie tat das Gleiche in Bezug auf mich. Doch ich war nicht unschuldig. Ich war nicht derjenige, für den sie mich hielt.

Ich ermittelte gegen *sie*. Sie *würde* die Wahrheit über mich erfahren und dass sie mein Auftrag war. Sie würde denken, dass ich ihr nicht glaubte, dass sie unschuldig war.

Ich glaubte an ihre Unschuld und hatte das meiner Chefin auch gesagt. Diese arbeitete allerdings nicht mit Grauzonen. Das FBI war schwarz und weiß, weshalb keine Beweise für Norths Unschuld bedeuteten, dass sie so gut wie schuldig war.

North würde nicht den Mist machen, den Macon gemacht hatte. Die Frau, die vor mir kniete, war in vielerlei Hinsicht vor mir entblößt. Ich musste nur meiner Chefin beweisen, dass sie nicht schuldig war. Das war die einzige Möglichkeit, wie wir beide frei sein konnten.

North stemmte sich auf ein Knie. Den Bruchteil einer Sekunde dachte ich, sie würde aufstehen und gehen. Aber sie richtete sich nur auf, damit sie den Lusttropfen von meinem Schwanz lecken konnte.

Meine Hand legte sich auf ihren Hinterkopf, ruckte an ihren Haaren und zwang sie, mir in die Augen zu schauen, während ich meine Hüften hob und mit der anderen Hand meine Jeans nach unten schob.

Meine gesamte Länge federte heraus und war nur noch Zentimeter von Norths Gesicht entfernt. Dennoch behielt ich sie im Blick. Ich sah alles in diesen blauen Tiefen. Vertrauen, Verlangen, das Bedürfnis, zu befriedigen.

„Meine versaute Prinzessin." Ich ließ meine Hand um sie gleiten, umfing ihren Kiefer und strich mit dem Daumen über ihre pralle Unterlippe. Dann führte ich sie zu meinem Schwanz und sie nahm mich in den Mund.

Fuck, ich hatte noch nie in meinem Leben etwas

Heißeres gesehen. North, deren Haare von meinen Fingern zerzaust und deren Augen auf mich gerichtet waren, während sie die Wangen einsog und mich in den Mund nahm. Ich war zu groß für sie, sodass sie mich nicht vollständig aufnehmen konnte, aber sie versuchte es.

Meine Hüften bockten gegen meinen Willen und ich drang zu tief in ihren Mund. Ihre Augen wurden feucht und sie wich zurück, wobei sie durch die Nase atmete. Ich nahm ihre Hand, legte ihre Finger um meine Wurzel und ließ sie es noch einmal versuchen. Sie war gierig und saugte heiß und feucht an mir, als würde sie versuchen, das Sperma aus meinen Eiern zu saugen.

Das würde sie auch tun, wenn sie so weitermachte. Und sie würde nicht einmal lange dafür brauchen.

Ich zog sie von mir und sie schaute überrascht zu mir auf, dann verwirrt, dann besorgt. Als wäre ich nicht zufrieden.

Ihre Hand nehmend, die auf meinem Schenkel gelegen hatte, erhob ich mich und half ihr auf die Füße. Anschließend deutete ich. „Bett. Jetzt."

„Aber –"

„Wenn deine Pussy von vorhin nicht wund ist, nehme ich sie jetzt noch einmal." Ich ging zur Seite ihres Bettes und deutete auf den Nachttisch. „Hast du dort irgendwelche Spielzeuge drin?"

Sie nickte. Ich fasste das als Erlaubnis auf, die Schublade zu öffnen. Neben einem Taschenbuch, einem Päckchen Taschentücher und einem Lippenbalsam fand ich ihr Versteck. Diese batteriebetriebenen Freunde, die sie zum Höhepunkt brachten.

Ich deutete abermals auf das Bett und wartete, bis sie vom Bettende nach oben gekrabbelt war.

Ich nahm den kleinen Vibrator an mich, der die Größe eines Lippenstiftes hatte, und ließ ihn neben sie auf das Bett fallen, wo sie ausgestreckt lag. Ihre hellen Haare waren wie ein Fächer auf ihrem Kissen ausgebreitet. Als Nächstes griff ich nach dem größeren Vibrator, der am Ende eine Art Saugnapf hatte.

Den großen Dildo hob ich als Letztes hoch. Er war realistisch mit einer dicken Ader, die an der Unterseite verlief, aber riesengroß, als wäre er nach dem Schwanz eines Pornostars geformt worden. „Reitest du den ab und zu?"

Sie nickte und ihre Wangen röteten sich hübsch. Die rosa Farbe breitete sich über ihren Hals bis zu den Rundungen ihrer Brüste aus.

Ich warf ihn über meine Schulter, wo er mit einem dumpfen Knall auf dem Teppich aufschlug. „Der einzige Schwanz, der ab jetzt in diese Pussy dringt, ist meiner."

Nachdem ich das zweite Kondom aus meiner hinteren Tasche gefischt hatte – fuck sei Dank, dass ich so hoffnungsvoll gewesen war, zwei mitzubringen – ließ ich es auf das Bett fallen und schob meine Hose nach unten.

Indem ich über sie krabbelte, stützte ich meine Hand neben ihrem Kopf ab, beugte mich nach unten und küsste sie. Fuck, sie war süß. Ich verweilte nicht bei ihren Lippen, sondern küsste stattdessen einen Pfad ihren Körper hinab, wobei ich mir eine Minute gönnte, an ihren prallen Nippeln zu saugen, woraufhin ich spürte, wie sie an meiner Zunge hart wurden. Dann wanderte ich noch tiefer und schob ihre Beine weit auseinander, sodass ich mich zwischen ihnen niederlassen konnte.

„Jed", hauchte sie.

Obwohl es draußen immer dunkler wurde, war ihr Zimmer nicht dunkel, da die Nachttischlampe sowie die Lampe beim Fenster brannten, wo ich sie gefunden hatte. Ich konnte alles von ihr sehen und aus dieser Nähe erkannte ich, dass ihre Pussy feucht, von dem harten Fick vorhin geschwollen und ganz mein war.

Indem ich die Hand ausstreckte, griff ich nach dem kleinen Lippenstift-Vibrator. „Der hier zuerst."

Sie schaute auf mich hinab und runzelte die Stirn. „Ähm... was?"

„Du wirst den hier zuerst benutzen und ich werde zuschauen."

„Auf keinen Fall."

Ich hob meine Hand und senkte sie zu einem leichten Klaps auf ihre Pussy.

Ihre Augen weiteten sich und ihr Rücken bog sich durch. Ein Stöhnen entwich ihren Lippen. Ich beobachtete sie aufmerksam und vergewisserte mich, dass dies etwas war, das ihr gefiel. Ja, es war ein Test gewesen, aber ich hatte so ein Gefühl gehabt, dass es sie antörnen würde – der leichte Schmerzensbiss, die Rüge. Das erregte ihre Aufmerksamkeit und holte sie aus ihrem Kopf. Ihr Fokus lag jetzt ganz allein auf mir und ihrer kribbelnden Pussy.

„Mach dich ans Werk, Prinzessin, oder ich werde deine Pussy noch einmal schlagen." In ihren Augen loderte es und ein Schnauben entwich ihren Lippen. „Ich bin mir nicht sicher, was dir besser gefallen würde."

Ich hob meine Hand, aber sie griff sich den Vibrator, drehte ihn so, dass er zu summen begann, und legte ihn auf ihre Klit.

Ihre Augen schlossen sich und ihre Knie spreizten sich weit.

Mein Schwanz verteilte Lusttropfen auf der gesamten Decke, nur weil ich ihr dabei zusah, wie sie einen Vibrator so benutzte, dass sie sich zum Höhepunkt bringen konnte.

Fick mich.

Ich brachte meine Finger ins Spiel, indem ich erst einen, dann zwei in sie einführte, während sie weitermachte.

„Komm nicht", warnte ich.

Ihre Augen öffneten sich und sie schaute mich wütend an. Ich grinste. „Du wirst warten, Prinzessin."

Ich nahm ihre Hand und legte sie wieder auf ihre Klit, dann ließ ich los.

Sie würde warten müssen, aber ich konnte es nicht. Ich schob mich auf die Knie und streifte das Kondom über, während ich zuschaute, wie sie sich auf dem Bett wand und zappelte, verloren in der Lust.

Ich packte ihre Hüften, brachte meinen Schwanz an ihren Eingang und stieß mich tief in sie.

„Jed!", schrie sie.

Ich legte ihre Hand abermals auf ihre Klit und spürte die Vibrationen an meinem Schwanz, als ich sie zu ficken begann. „Braves Mädchen. Komm für mich."

Ihre inneren Wände verkrampften sich um mich, als sie völlig ungehemmt kam. Wild.

Ich würde kommen, nur weil ich ihr zusah, und zu spüren, wie sie meinen Schwanz molk, reichte, um mich zum Höhepunkt zu bringe. Doch ich hielt mich zurück und ließ sie zuerst von ihrem Hoch runterkommen.

Ich nahm ihr den kleinen Vibrator aus der Hand und warf ihn beiseite. Als Nächstes griff ich nach dem anderen Vibrator.

Sie starrte das Ding mit großen Augen an. „Oh nein. Ich kann nicht. Nicht, während du auch noch in mir bist."

Ich stieß mich tief in sie und sie schloss die Augen.

„Ich lasse dich nicht zurück, Prinzessin." Ich legte ein gnadenloses Tempo vor, woraufhin ihr Bett gegen die Wand krachte. „In dir steckt noch einer. Wie wirst du kommen?"

Sie wandte den Blick ab.

Ich griff nach oben und drehte ihr Gesicht wieder zu mir, sodass sie mir in die Augen schauen musste. Ich war tief in ihr vergraben und schwitzte, aber ich würde alles von ihr haben oder überhaupt nichts.

„Was brauchst du? Ich werde es dir geben."

Sie blinzelte.

„Nur du und ich."

Sich über die Lippen leckend, streckte sie die Hand aus und griff noch einmal nach dem kleinen Vibrator. „Dreh mich um", flüsterte sie.

Ich zog mich aus ihr zurück – fuck, das war schwer – dann half ich ihr auf alle viere und senkte ihre Wange auf das Bett, sodass ihr Hintern in die Luft ragte. Ich konnte alles von ihr sehen. *Alles*. Pink, geschwollen, feucht. Indem ich sie an den Hüften packte, brachte ich mich in Position und glitt mit einem langsamen, köstlichen Stoß in sie. Ich stöhnte, weil ich auf diese Weise so tief in sie dringen konnte.

Sie stöhnte ebenfalls, dann griff sie nach hinten, um mir den Vibrator zu reichen. „Du."

Ich nahm ihn ihr ab und brauchte eine Sekunde, bis ich die Bedienung verstand. Sie kniff die Pobacken zusammen, die Muskeln strafften sich, dann entspannten sie sich. Ihre kleine Rosette zwinkerte mir zu.

Ah.

Es hatte ihr gefallen, als ich vorhin ihren Hintern berührt hatte. Fuck, die Vorstellung, dieses Loch zu nehmen und als meines zu beanspruchen, sorgte dafür, dass sich meine Eier zusammenzogen. Doch das wollte sie nicht. Noch nicht. Ich hatte ihr noch nicht erzählt, dass es eine Option war. Ich hatte ihr gesagt, dass sie mit dem Vibrator kommen sollte, und sie wollte es so.

Er summte noch immer fröhlich vor sich hin, weshalb ich damit um die Stelle rieb, wo ich sie füllte, und die Spitze mit ihren Säften überzog. Dann legte ich ihn an ihren Hintereingang.

Sie erschrak, dann verkrampfte sie sich. Schrie auf.

Ich legte eine Hand neben ihrem Kopf ab und beugte mich über sie, während ich den kleinen Vibrator an diesem eindeutig jungfräulichen Loch ruhen ließ. „So eine verdorbene Prinzessin. Fühlt sich das gut an?", raunte ich ihr ins Ohr.

Sie nickte, dann griff sie unter sich und begann, ihre Klit zu stimulieren.

„So ein braves Mädchen."

Daraufhin setzte ich mich ebenfalls in Bewegung, weil ich mich nicht mehr zurückhalten konnte. Meine Frau bekam, was sie brauchte, und danach zu urteilen, wie sich Schweiß auf ihrem nackten Rücken bildete, ihre inneren Wände sich zusammenzogen und entspannten, befand sie sich kurz vor dem Höhepunkt.

Genauso wie ich. Mein Orgasmus war wie ein Güterzug, nicht in der Lage, wegen irgendetwas zu stoppen. Ich knirschte mit den Zähnen und hielt mich zurück, während ich den Vibrator etwas fester auf ihr empfindliches Fleisch presste.

Sie schrie tief und leise auf, während sie kam. Ihr Körper spannte sich an und ihre Erregung lief auf meinem gesamten Schwanz aus. Ich stieß mich einmal hart in sie, dann ein zweites Mal und presste mich tief in sie, während ich das Kondom füllte. Meine Finger packten ihre Hüften, wobei ich mich vergewisserte, dass der Vibrator und mein Schwanz jede erregende Stelle trafen.

Erst als sie auf der Decke zusammenbrach, drehte ich den Vibrator aus und warf ihn beiseite, zog mich aus ihr und steckte sie unter die Bettdecke. Ich entsorgte das Kondom im Bad und sie rührte sich nicht einmal.

Ich lächelte, während ich die Decken um und über uns in Ordnung brachte und sie in meine Arme zog. Sie hatte sich mir hingegeben. Vollständig. Komplett. Sie hatte es vielleicht noch gar nicht realisiert. Ich hatte die echte North gesehen. Jeden Zentimeter von ihr und ich würde ihr jetzt nicht mehr erlauben, sich wieder zurückzuziehen. Auf gar keinen Fall.

10

ORTH

Ich wachte wie üblich um fünf Uhr auf und fand schlechtes Wetter vor. Und ein leeres Bett. Ich streckte die Hand aus, um das Kissen zu berühren, auf dem Jed geschlafen hatte. Kalt. Ich setzte mich auf und sah, dass seine Kleider nicht auf dem Boden verstreut waren.

Er hatte sich in der Nacht davongestohlen. Das bedeutete mehrere Dinge. Erstens, niemand hatte die Alarmanlage angeschaltet oder Jed war ein Ninja und konnte sich daran vorbeischleichen. Zweitens, er hatte mich irgendwann verlassen, nachdem er mich mehr oder weniger mit einem Orgasmus in die Bewusstlosigkeit befördert hatte.

Ich glaubte nicht, dass er losgezogen war, um Batterien für meine Vibratoren zu besorgen, die wir benutzt hatten. Oder Kaffee, denn die nächste Stadt war zehn Meilen entfernt. Er könnte in der Küche sein und sich damit abmühen, herauszufinden, wie man Macons hochmoderne Maschine bediente, doch nein. Er war nicht hier. Ich konnte es... spüren.

Er hatte eine Präsenz, eine Art magnetische Anziehungskraft, der ich nicht widerstehen konnte.

Ich ging nackt zum Fenster und schaute hinaus in den Regen. Der Himmel begann, heller zu werden, aber die Sonne würde nicht scheinen. Ein Windstoß peitschte Wasser gegen das Fenster. Der Helikopter würde heute nicht abheben können, weshalb ich fahren würde, was bedeutete, dass ich meine üblichen Trainingseinheiten auslassen musste.

Als ich die Dusche anschaltete, wurde mir bewusst, dass es mir egal war. Meine Muskeln schmerzten ein wenig, an manchen Stellen mehr als an anderen. Ich hatte mein Workout in der letzten Nacht gehabt. Ich trat unter den heißen Wasserstrahl. Schloss die Augen.

Ich konnte nur Jed sehen. Seinen durchdringenden Blick, seinen Drang, all meine Geheimnisse zu erfahren und mich dazu zu bringen, sie ihm anzuvertrauen. Ich hatte die Wahrheit darüber, was Macon getan hatte, nicht verraten. Jemals.

Bis er gekommen war.

South, East und West würden sich wahrscheinlich mit mir unterhalten wollen. Sie würden mich erwürgen wollen, weil ich sie all diese Jahre im Dunkeln gehalten hatte. Dann würden sie wissen wollen, was Jed für mich war, weil der Mann nicht nur derjenige gewesen war, der mich zum Reden gebracht hatte, sondern weil sie auch wussten, dass er die Nacht hier verbracht hatte.

Oder zumindest einen *Teil* der Nacht.

Ich hatte nie einen Mann ins Haus gebracht. Allerdings waren meine Brüder nie hier gewesen, weshalb sie das nicht wussten.

Warum fühlte ich mich so zu Jed hingezogen? Warum entblößte ich ihm meine Seele? Meinen Körper ebenfalls.

Ich war für ihn auf die Knie gegangen. Hatte mich von ihm herumkommandieren lassen. Hatte ihm die Kontrolle übergeben.

Und ich wusste kaum etwas über ihn abgesehen von dem, was ich in dem Bericht über ihn gelesen hatte. Ich kannte seine Familie. Ich wusste, dass er zum FBI gegangen war. Ich kannte mehr oder weniger seine Biografie, bis er siebenundzwanzig Jahre alt gewesen war und ich ihn auf dem Picknick seiner Familie gesehen hatte. Den Rest hatte ich aus dem Bericht erfahren. Er hatte bis vor wenigen Monaten für das FBI gearbeitet. Dann war er gefeuert worden. Entlassen. Irgend so etwas wegen eines Disziplinarverfahrens.

Das sah dem Jed, den ich kannte, nicht ähnlich. Aber er arbeitete jetzt für Marshall. Zwielichtige Personen taten sich für gewöhnlich mit zwielichtigen Personen zusammen.

Aber Jed war nicht zwielichtig. Oder? Nichts, das er gesagt hatte, während wir zusammen gewesen waren, bestätigte diese Vermutung. Es war eher das Gegenteil der Fall, er war zu ehrenhaft. Verliebte ich mich in einen Typen wie Macon? Ersetzte ich ein Arschloch in meinem Leben mit einem anderen? Schenkte er mir Aufmerksamkeit, weil er etwas von mir wollte? Ich hatte ihn das wieder und wieder gefragt und jedes einzelne Mal war er sauer geworden. Dann hatte er weitere Geheimnisse von mir enthüllt. Sogar die schmutzigen, kinky Geheimnisse. Während er seine für sich behalten hatte.

Er hatte jedoch gesagt, dass er mich wolle. Alles von mir. Er hatte gesagt, dass ich sein sei. Dass meine *Pussy* sein sei. Er hatte mich auf so viele Arten berührt. Mit den Armen, die sich schützend um mich gelegt hatten. Er hatte mir den Hintern versohlt, um mich zum Reden zu bringen. Er hatte mir die Pussy versohlt, um mich daran zu erinnern, wer das Sagen hatte. Seine Finger hatten meinen G-Punkt geschickt gefunden aus dem Wunsch heraus, mich zu befriedigen. Sein Schwanz hatte mich gefickt, damit ich mich ihm unterwarf und er mich dominieren und beherrschen konnte.

Ich hatte den Vertrag mit Marshall unterschrieben. Wenn der Jeds einzige Motivation dafür gewesen war, zur Totenwache zu kommen, was er zugegeben hatte, dann wäre er jetzt mit mir fertig. Ich würde wissen, dass alles aus einem Grund geschehen war und nicht aus... aus was? Liebe?

Ich beendete meine Dusche und machte mich daran, mich für die Arbeit fertigzumachen. Als ich schließlich ein weiteres frisches Kleid und dazu passende Stöckelschuhe trug, verdrängte ich die Gedanken daran, warum Jed mit mir zusammen sein wollte, denn ich hatte Angst vor der Wahrheit. Ich hatte Macon überlebt. Ich war mir nicht sicher, ob ich Jed überleben würde.

Ich fand meine Brüder in der Küche, wo sie eindeutig auf mich gewartet hatten. East und West saßen auf den Hockern am gegenüberliegenden Ende der Kücheninsel und tranken Kaffee. West hatte ein zerschlissenes T-Shirt an und East war oberkörperfrei. Sie sahen aus, als hätten sie einen schlimmen Kater. Vielleicht hatten sie das auch.

South war angezogen. Jeans und ein weißes Hemd mit Druckknöpfen. Er hielt zwei Thermobecher in den Händen und reichte mir einen.

Ich blieb abrupt stehen, doch Eddie ging zu East und stupste ihn an, damit er ihn streichelte.

„Was ist das hier?", fragte ich.

„Wir müssen reden", verkündete South. Seine Haare waren feucht, als wäre er gerade aus der Dusche gekommen. Ich wusste nicht, ob er von seinem Haus hergekommen war oder ob er im Gästehaus übernachtet hatte, das mehr als groß genug war für ihn, West und East. Ich ging von Letzterem aus.

„Wir möchten auch mit dir reden", begann East, dann warf er West einen betrübten Blick zu. „Aber wir fühlen uns beschissen. South ist als Erster dran. Wir sprechen uns später." Er erhob sich und West folgte, als sie ins Wohnzimmer gingen und sich auf die Sofas fallen ließen. West warf einen Arm über seine Augen und ächzte.

„Ich muss zur Arbeit", teilte ich South mit. „Wegen dem schlechten Wetter hat Paul dem Helikopter Flugverbot erteilt." Paul war der Pilot, der mir wie üblich, wenn es keinen Flug geben würde, früh morgens eine SMS geschickt hatte.

Er drückte mir den Thermobecher in die Hand. „Ich werde fahren."

Eddie war mir dicht auf den Fersen. Er schien die Tage zu kennen, an denen ich mit dem Auto fuhr, und wollte immer mitkommen. Alle im Büro liebten ihn.

South lief zur Garage und mir blieb nichts anderes übrig, als ihm zu folgen. Er war wütend auf mich. Ich machte ihm keinen Vorwurf, aber es würde sich nichts ändern. Ich öffnete die Hintertür des Autos und Eddie sprang hinein. Er drehte sich im Kreis, dann setzte er sich hin und starrte mich an, wobei seine Zunge raushing.

South sagte während der ersten Minuten der Fahrt nicht viel und ließ mich in Ruhe an meinem Kaffee nippen. Die Scheibenwischer waren hypnotisch und das Prasseln des Regens übertönte das Radio.

„Was ist das mit Jed Barnett?", fragte er schließlich. „Müssen wir ihn verprügeln?"

Langsam drehte ich mich zu ihm und lehnte mich an die Tür des SUVs. Es war das Auto, das er von den dreien gewählt hatte, die ich abwechselnd je nach Laune und Wetter fuhr.

„Von allem, das gestern Abend passiert ist, möchtest du ausgerechnet mehr über Jed wissen?"

„Du hast uns nicht viel erzählt", konterte er und bedachte mich mit einem Todesblick. Ja, er war nicht glücklich. „Warum zum Teufel hast du uns gerettet?"

So viel dazu, dass wir über Jed reden würden.

„Weil ich die Macht dazu hatte."

Das verarbeitete er eine Weile. Ich beobachtete, wie er das Lenkrad erwürgte und mit den Backenzähnen knirschte. „In diesem Satz stecken so viele Aussagen, dass ich gar nicht weiß, wo ich anfangen soll. Also werde ich das nicht tun. Jetzt", fügte er hinzu und vergewisserte sich, dass ich wusste, dass wir nicht fertig waren, „Jed Barnett."

„Ja, Jed Barnett", wiederholte ich.

„Er scheint mit dir umgehen zu können."

Ich erwiderte seinen finsteren Blick. „Mit mir *umgehen*?"

„Du bist zu stark."

„Du stellst mich wie ein Miststück dar, was übrigens absolut sexistisch ist."

Er bedachte mich mit einem Blick. „Leg mir keine Worte in den Mund. Du brauchst einen großen Kerl, der einen Teil deiner Bürden für dich tragen und dir den Hintern für das versohlen kann, was du getan hast."

Ich schaute aus dem Seitenfenster, weil ich spüren konnte, dass meine Wangen heiß wurden. Auf keinen Fall würde ich ihm verraten, dass das bereits geschehen war. „Hast du dich schon mal reden gehört? Kein Wunder, dass du Junggeselle bist."

„Du bist die verdammte CEO einer Milliarden-Dollar-Firma. Du frisst Nägel zum Frühstück. Du hast es über ein Jahrzehnt allein mit Macon aufgenommen. Ich weiß nicht, ob ich dir das jemals vergeben kann."

Er hielt inne und ich wandte mich ihm wieder zu. Schlechte Idee, denn das Lenkrad würde für immer von den Einkerbungen seiner Finger gezeichnet sein. Er schaute wieder auf die Straße und setzte den Blinker, um direkt nach der Stadt auf die Straße zum Highway abzubiegen.

„Wir werden das nicht noch einmal durchkauen, oder?", fragte ich.

„Noch einmal? Wir haben es nie durchgekaut. Es ist nicht so, als hättest du es jemals einem von uns erzählt. Du warst immer so verschlossen."

Darüber empörte ich mich und mein Rückgrat richtete sich kerzengerade auf.

„So ernst. Jetzt weiß ich warum. Du hast drei Brüder aus diesem beschissenen Haus geschafft. Ganz allein. Dass ich mir einen Mann für dich wünsche, dessen Eier groß genug sind, dass er das alles verstehen kann und dich trotzdem noch in die Arme nehmen möchte, bedeutet nicht, dass ich ein chauvinistisches Arschloch bin. Jetzt sind wir damit an der Reihe, dich zu beschützen."

„Na schön, aber warum Jed?"

„Weil ich in der kurzen Zeit, in der ich ihn mit dir erlebt habe, gesehen habe, dass er sich dir gegenüber behaupten kann. Du brauchst einen Kerl, der stärker ist als du."

Das war Jed definitiv.

„Vielleicht wird er mit dir bowlen gehen oder so etwas."

Darüber lachte ich. „Bowlen?"

Er schaute zu mir. „Ja, die Schuhe könnten ein Problem für dich sein."

Ich schürzte die Lippen, weil ich keine Antwort auf diese Aussage hatte. Er hatte recht. In Bezug auf die dämlichen Bowlingschuhe und Jed. Jed hatte nichts getan, um mich zu unterdrücken. Tatsächlich hatte er mich auf eine Weise befreit. Er hatte mich befreit von –

Die Windschutzscheibe zersplitterte. Ich machte vor Überraschung einen Satz. South fluchte und riss an dem Lenkrad, woraufhin der SUV eine hundertachtzig Grad Drehung machte und die Reifen auf dem feuchten Asphalt quietschten. Obwohl ich meinen Gurt anhatte, krachte mein Kopf gegen das Seitenfenster.

Da die Windschutzscheibe aus Temperglas bestand, fielen nur wenige Glassplitter auf uns, aber Regen kam durch das Loch in der Mitte.

Der SUV hielt schlitternd, dann ließ South den Motor aufheulen und raste in die entgegengesetzte Richtung davon. Ein *Rumms* traf die Rückseite des Fahrzeugs.

„Runter!", brüllte South, streckte die Hand aus und drückte meinen Kopf zwischen meine Beine.

„Was ist los?", schrie ich und schaute zu meinem Bruder hoch. Ich dachte, er wäre zuvor angepisst gewesen, aber ich hatte ihn noch nie so gesehen.

„Jemand schießt auf uns", blaffte er, als die Heckscheibe zersplitterte.

11

ED

Eines hatte ich in Bezug auf North Wainright gelernt: Man konnte sie nur bis zu einem bestimmten Punkt drängen. Und ich hatte sie ernsthaft bedrängt. Sie war nackt und befriedigt in meinen Armen eingeschlafen. Was wir getan hatten... fuck, was sie getan hatte, dass sie mir so die Kontrolle übergeben hatte, sollte mich eigentlich mit geschwellter Brust und stolz wie ein preisgekrönter Bulle auf einem Feld voll brünstiger Kühe herumlaufen lassen.

Doch es führten nur dazu, dass ich neben ihr wach

im Bett lag, an die Decke starrte und lauschte, wie ein Unwetter aufzog.

Die Dinge, die ich ihr entlockt hatte, weckten den Wunsch in mir, ihren Vater mit bloßen Händen umzubringen. Ein Jammer, dass der Scheißkerl bereits tot war. Er war mit dem Herzinfarkt zu leicht davongekommen. Dann war da noch der Texaner aus der Ölindustrie, der bereit und gewillt gewesen war, als Teil eines Geschäftsabschlusses die Tochter seines Kumpans zu vögeln. Ich würde in Erfahrung bringen, wer er war und ihn fertigmachen.

Alle glaubten, dass die Milliardärsranch der perfekte Wohnort war. Als wäre die Familie königlich oder so ein Scheiß. Das Haus war gigantisch. Es hatte ein verdammtes Telefonzimmer. Die Wainrights schwelgten in Luxus. Sie hatten Leute, die sich um jeden ihrer Wünsche kümmerten. Ich fragte mich, ob North überhaupt wusste, wo der Supermarkt war oder wie man eine Waschmaschine bediente. Sie flog mit einem beschissenen Helikopter zur Arbeit.

Aber ich würde meinen linken Hoden darauf verwetten, dass sie alles, jeden Penny, für eine normale und glückliche Kindheit aufgeben würde. Dafür, dass ihre Mutter noch am Leben wäre. Für einen Vater, der sein kleines Mädchen beschützte und liebte, anstatt sie an andere Männer zu verschachern. Geld kaufte einem kein Glück.

Obwohl ich aus ihrem Bett schlüpfte und mich

anzog, wusste ich, dass North mein war. Nach dem, was sie mit mir geteilt hatte, wie sie vor mir auf die Knie gegangen war... gab es kein Zurück mehr.

Aber wie bei einer schreckhaften Stute musste ich sie langsam an mich gewöhnen.

Und während ich geduldig war, würde ich Marshall glücklich machen und die FBI-Direktorin zufriedenstellen, indem ich bewies, dass North nicht in die zwielichtigen Machenschaften ihres Vaters verwickelt gewesen war. Dass die Ermittlung zu Wainright Holdings und North selbst beendet waren.

Ich würde nicht mehr verdeckt ermitteln, denn ich war der Mann, der sie beim Schlafen in den Armen hielt. Der sie vor ihrer Vergangenheit und allem beschützte, das den Rest ihres Lebens geschehen würde.

Ich fuhr im Dunkeln nach Hause, duschte und wollte gerade im Büro in DC anrufen, das mir zwei Stunden voraus war, als mein Handy klingelte. Ich sah den Namen und lächelte.

North würde mir entweder das Fell über die Ohren ziehen, weil ich mich rausgeschlichen hatte, oder mich bitten, zurückzukommen und sie noch einmal zu ficken.

Mein Schwanz wurde bei beiden Vorstellungen hart, denn ich liebte ihre scharfe Zunge. Sie lernte allmählich, wie ich mit ihren Frechheiten umging. Sie mochte es... irgendwann.

„Prinzessin, ich habe gerade an dich gedacht –"

„Jed."

Meine Nackenhärchen richteten sich auf. Bei ihrem Tonfall sprang ich von meinem Schreibtischstuhl auf und starrte aus dem Fenster, als könnte ich sie durch den Regen sehen. Die Aussicht war nicht so spektakulär wie die der Milliardärsranch, aber ich besaß dreihundert Acres bestes Weideland, durch das ein Bach lief. Nicht allzu übel.

„Was ist los?"

„Sag ihm, dass wir zu seinem Haus kommen." Es war einer ihrer Brüder am Lautsprecher, aber ich konnte nicht erkennen welcher. Noch nicht.

„Wir –"

„Das habe ich gehört", unterbrach ich sie. „Was zum Henker ist los?"

Ich konnte das Geräusch eines aufheulenden Motors und quietschender Reifen hören.

„Jemand hat auf uns geschossen."

Geschossen?

„Am Stadtrand an der Abzweigung zum Highway", beendete ihr Bruder die Erklärung.

Ich kannte die Stelle. Jeder auf der westlichen Seite des Wainright Grundstückes nahm die gleiche Route zur Interstate. Dort gab es eine Ansammlung an Geschäften. Eine Tankstelle, ein kleines, örtliches Motel und ein Restaurant.

„Ist jemand verletzt?", fragte ich, ging in die Küche

und holte meine Pistole. Obwohl ich wusste, dass sie geladen war, überprüfte ich die Waffe auf Kugeln. Nachdem ich damit zufrieden war, ging ich zum Waffenschrank im alten Büro meines Vaters. Da keine Kinder im Haus waren und meine Nachbarn eine halbe Meile entfernt wohnten, zog ich die Tür stets zu, aber schloss sie nicht ab.

„Ich wurde getroffen, aber –"

„South? Was zum Teufel!", fluchte North.

Also war sie mit South zusammen. Alle drei Brüder konnten einen kühlen Kopf bewahren, zumindest hatten sie das getan, selbst nachdem sie erfahren hatten, was North für sie getan hatte. Oder was Macon vorgehabt hatte.

Es war eindeutig, dass sie ihre Schwester liebten, obwohl die Beziehung wegen ihres Vaters angespannt war.

„Mir geht's gut. Ist nur ein Streifschuss", sagte South. „Ist Eddie okay?"

„Dein Arm blutet!"

„Eddie?", fragte South erneut. Der Hund war bei ihnen im Auto.

„Er ist okay, du Idiot. Er liegt auf dem Boden."

„Prinzessin, bist du verletzt?", fragte ich. Ich musste es wissen.

„Nein. Nein, mir geht's gut."

Mein Blutdruck sank vom Schlaganfallniveau ab,

aber bis ich sie in meinen Armen hielt, würde ich keine ruhige Minute haben.

„Jed, ich habe keine Ahnung, wer zum Teufel das war oder warum", sagte South. Seine Stimme klang barsch, aber er war ruhig. „Es war keine verdammte verirrte Kugel von einem Jäger. Nicht im Juli und keine drei Schüsse."

Souths Worte sagten mir alles, das ich wissen musste. Das Ganze war Absicht und meine Frau das Ziel gewesen.

„Ich glaube nicht, dass wir verfolgt werden, aber ich fahre nicht zurück zur Ranch. Ich weiß nicht, ob das ein Hinterhalt war. Ich brauche eine Wegbeschreibung zu deinem Haus. Wir sind auf der Landstraße Richtung Westen unterwegs."

Ich beschrieb ihm den Weg, der recht einfach war. Hier draußen gab es nur wenige Straßen.

„Prinzessin, ich werde warten."

Obwohl South derjenige gewesen war, der geredet hatte und angeschossen worden war, war North meine oberste Priorität.

Als ich schließlich den schicken SUV über die unbefahrene Straße rasen sah, hatte ich mich zusammengerissen und war bereit.

South fuhr vor das Haus und ich ging zur Beifahrertür und riss sie auf. Ich wurde sofort vom Regen durchnässt, aber das war mir scheißegal. Indem ich in den Wagen griff, öffnete ich Norths Gurt und zog sie aus dem Auto. Sie öffnete die Hintertür und Eddie sprang heraus. Mit der Pistole in einer Hand und ihrer Hand in der anderen zog ich sie nach drinnen. Wie üblich folgte uns Eddie. Auf keinen Fall hätte ein Schütze wissen können, wohin South gefahren war, ihm folgen und sich in Position bringen können, um erneut zu schießen.

South knallte die Eingangstür hinter sich zu und lehnte sich dagegen. Seine Atmung ging abgehackt. Ich scannte ihn und sah das Blut, das über seinen Arm lief. Wenn er sagte, dass es nur ein Streifschuss war, dann glaubte ich ihm.

Mein Hund Boozer kam herein und untersuchte alle. Er und Eddie umkreisten einander und wedelten mit den Schwänzen. Sie waren sofort Freunde.

Ich ignorierte sie und schaute zu North, dann fuhr ich mit den Händen über ihren Körper. Sie trug himmelhohe Absätze und noch ein Kleid, das vermutlich mehr als mein Pickup-Truck gekostet hatte. Es war verflucht sexy und erinnerte mich daran, wie weiblich sie war. Sie konnte zwar schießen wie Annie Oakley, aber sie musste auch wie ein wertvolles Stück Glas behandelt werden. Das verdiente sie.

„Bist du okay?", fragte ich, als ich schließlich zufrieden war, dass sie keine Einschusswunden hatte. Ich umfing ihre Wangen, beugte mich nach unten und begegnete ihrem Blick.

Ihre Pupillen waren geweitet, aber sie war ruhig.

Ihre Haare waren feucht, ihre Haut von Regentropfen gesprenkelt. Ihre Nippel zeichneten sich unter der dunklen Seide ab.

Sie zuckte zusammen, als meine Finger auf ihren Schädel drückten.

„Ich hab mir den Kopf am Fenster angeschlagen", gestand sie.

Ich ertastete mit den Fingerspitzen ein kleines Ei.

„Hast du einen Verbandskasten?", fragte South.

„Küchentisch", erwiderte ich, wobei ich den Blick nicht von North abwandte.

Ich hörte, wie South das Wohnzimmer durchquerte und ihm die Hunde folgten.

„Zeit zu gehen, Prinzessin."

Sie runzelte die Stirn. „Gehen?"

Ich nickte. „Ich muss dich an einen sicheren Ort bringen, bis wir wissen, was zum Henker los ist."

Ich hatte eine Hütte oben in den Bergen, von der niemand wusste. Dort wäre sie in Sicherheit.

Sie schüttelte den Kopf und trat zurück. Ich ließ sie gehen. Sie drehte sich um und ging in die Küche. Ich folgte ihr.

South schlüpfte gerade aus seinem Hemd. Ich sah den dünnen Schnitt, den eine Kugel auf seinem Deltamuskel hinterlassen hatte. Es musste saumäßig wehtun und würde weiterhin bluten, wenn es nicht verbunden wurde. Er musste vermutlich genäht werden und bräuchte Antibiotika, aber er würde wieder werden und hätte eine hübsche Narbe, die ihn an das Ereignis erinnern würde.

„Oh mein Gott", sagte North und durchwühlte mit zitternden Händen den Verbandskasten, um nach etwas zu suchen. Ich hatte das Gefühl, dass sie nicht einmal wusste, wonach.

Ich schnappte mir ein Geschirrtuch, das über dem Backofengriff hing, und gab es South. Er presste es auf seine Wunde.

„Du musst sie hier wegbringen. Fort", sagte South, der mir dabei in die Augen sah. Sie waren todernst. Wütend.

Ich nickte. „Bin schon dabei. Ich habe einen Unterschlupf."

North gab ihre Suche auf und wirbelte auf ihren High Heels herum. Ihre aufgerissenen Augen begegneten meinen, dann Souths. „Fort?"

„Sie haben garantiert nicht auf mich geschossen", sagte South und presste das Geschirrtuch auf seinen Arm. „Jed wird dich beschützen, während wir herausfinden, was los ist."

„Wir?", fragte North eindeutig verwirrt.

„Deine Brüder", entgegnete South. „Die drei Kerle, die du gerettet hast. Es ist an der Zeit, dass wir dich retten."

„Aber –"

„Du wirst mit Jed gehen", befahl South.

Ich würde North ihrem eigenen Bruder entführen,

würde er irgendetwas anderes sagen. Fuck sei Dank, dass ich einen Kerl, der angeschossen worden war, nicht ausknocken und genau das tun musste.

„Wir sollten die Polizei anrufen", erwiderte North. Sie wirkte zwar ruhig, aber mir entging nicht, dass ihre Hände zitterten. Sie war es wahrscheinlich gewöhnt, unter Druck gut zu arbeiten, aber es bestand ein großer Unterschied zwischen einem wichtigen Geschäftsabschluss und darin beschossen zu werden.

Das hier war eine Situation, in der ich brillierte. Es war mein Job, Leute vor den Bösen zu retten. Ich war dazu ausgebildet worden. Ich war mitten in der Nacht gegangen, um ihr Raum und Zeit zu geben. Damit war jetzt Schluss. Der Zeitplan war beschleunigt worden. In dem Moment, in dem ich sie auf der Totenwache gesehen hatte, hatte ich gewusst, dass ich geliefert war. Dass mir scheißegal war, ob sie schuldig war oder nicht. Sie war meine Frau.

Ich war undercover geblieben und hatte das geheim gehalten sogar nach dem, was wir getan hatten. Bis jetzt.

North Wainright war wichtiger als mein Job. Wichtiger als alles andere auf der Welt.

Also erzählte ich ihr die Wahrheit. Selbst wenn sie mich dann hasste, war ich am besten dafür geeignet, sie am Leben zu halten. Danach könnte ich zu Kreuze kriechen und tun, was auch immer nötig war. Man sagte sich, dass Versöhnungssex der beste sei. Ich hoffte, ich würde das herausfinden.

„Ich bin die Polizei", sagte ich.

South erstarrte und verengte die Augen zu Schlitzen.

North schüttelte den Kopf. „Ja, ich weiß, dass du aus dem Dienst des FBI entlassen wurdest, aber das bringt uns nichts. Wir brauchen jetzt Gesetzeshüter."

Ich ging zu North und nahm ihr die Tube mit der antibiotischen Salbe ab, von der ich nicht einmal realisiert hatte, dass sie sie in der Hand hielt, und ließ sie auf den Küchentisch fallen.

„South, auf dem Tisch liegt ein Wegwerfhandy für dich. Ich habe meine Nummer eingespeichert. Du kannst uns damit erreichen."

„Verstanden", antwortete er.

Ihre blauen Augen waren wild, aber sie war ruhig. Relativ. Auf ihr Auto war geschossen worden und ihr Bruder hatte einen Streifschuss am Arm. Ich war auch ruhig. Relativ.

„South wird deine Brüder anrufen, damit sie ihn abholen, während wir von hier verschwinden." Ich blickte zu ihm und er nickte.

„Wir brauchen die Polizei!", wiederholte sie.

„Prinzessin, ich wurde nicht aus dem Dienst des FBI entlassen. Ich bin undercover zurück in Montana. Nichts davon spielt eine Rolle."

Sie starrte mich mit großen Augen an. „Undercover? Nichts davon spielt eine Rolle?", kreischte sie.

„Du bist meine Frau und das ist das Einzige, das eine Rolle spielt. Ich werde dich um jeden Preis beschützen."

Ich würde sie vor ihrem Bruder nicht in Verlegenheit bringen, indem ich sie daran erinnerte, wer das Sagen hatte. Dass ich die Kontrolle hatte, törnte sie zwar an, aber sorgte auch dafür, dass sie in Sicherheit war.

„Verabschiede dich von deinem Bruder, hol ein Gewehr, schwing deinen perfekten Arsch nach draußen in meine Garage und steig in meinen Truck."

„Das kannst du nicht ernst meinen."

„Wenn ich dich über meine Schulter werfen muss, dann werde ich das tun."

South lachte.

North fuhr mit dem Kopf herum, um Hilfe von ihrem Bruder zu kriegen. „Du kannst doch nicht von mir erwarten, einfach mit ihm wegzugehen!"

„Wenn er dich nicht zu seinem Truck trägt, werde ich es tun. Ich hab dich lieb, North. Geh mit deinem Mann."

North stotterte und nahm einen hübschen Rotton an, ehe sie tat wie geheißen. Zum Glück erschoss sie *mich* nicht mit dem Gewehr, bevor wir in die Berge davonrasten mit Eddie und Boozer auf dem Rücksitz.

12

ORTH

Ich sagte kein Wort, während uns Jed tiefer in die Berge fuhr. Wir fuhren den Großteil des Weges am Wainright Grundstück entlang, aber dann wandten wir uns Richtung Süden. Ich war noch nie zuvor in dieser Gegend gewesen und da wir seit zehn Minuten keine anderen Autos passiert hatten, schienen dort auch nicht viele andere hinzugehen. Doch Jed wusste, wohin er fuhr, bog links und rechts ab, sodass ich mir nicht mehr sicher war, ob ich alleine zurückfinden würde.

Der Regen hatte nachgelassen und nur noch vereinzelte Tropfen klatschten von den Kiefern über uns auf die Windschutzscheibe. Jed drosselte die Geschwindigkeit des Trucks und bog auf eine einspurige Straße, deren Eingang schmal war und sich zwischen zwei Drehkiefern befand. Wir fuhren durch den Wald, wobei ein Reifen mal hier, mal da in einem tiefen Schlagloch hängenblieb, bevor wir eine Lichtung erreichten. Dort, mitten auf einer Wiese mit Montana Wildblumen, stand eine kleine Hütte. Die Wände waren aus Baumstämmen gemacht. An der Vorderseite flankierten zwei Fenster die Eingangstür. Ich tippte darauf, dass die Hütte nur einen Raum und eine Veranda hatte, die sich um drei Seiten erstreckte. Sie war rustikal, aber gut in Schuss. Doch es war die Aussicht, die diesen Ort zauberhaft machte.

Wohingegen das Haupthaus der Wainright Ranch wegen der weitläufigen Aussicht in alle Richtungen gebaut worden war, fühlte sich die Hütte abgeschieden an. Die Wiese war vielleicht zwei Acres groß und als ich aus dem Truck stieg, hörte ich fließendes Wasser. Ein Bach verlief an der Seite der Wiese und verschwand im Wald. Da die Wolkendecke aufbrach und die Sonne herauskam, war es wunderschön. Ruhig. Friedlich.

„Was für ein Ort ist das?", fragte ich.

Jed öffnete die Hintertür seiner Doppelkabine für die Hunde, woraufhin sie rausprangen und auf Erkundungstour gingen.

„Meine Hütte."

Ich wandte den Blick von der Aussicht ab und richtete ihn auf Jed. Er zog eine Tasche hervor und warf sie sich über die Schulter.

„Diese Hütte gehört dir?"

Er nickte und lief über die Steinplatten zur Eingangstür. Sie hatte ein Codeschloss und er gab einige Zahlen ein, um sie aufzusperren. Anschließend drückte er die Tür auf und drehte sich zu mir um. Wartete.

Er war so ernst wie immer. Jeans und robuste Arbeitsstiefel. Heute trug er ein schwarzes T-Shirt und sein Stetson fehlte. Er sah wie ein Holzfäller aus, er müsste nur die Tasche, die er trug, mit einer Axt ersetzen. Die Kulisse war perfekt. Er passte hierher.

Ich ging an ihm vorbei, er folgte mir und stellte die Tasche ab.

Während ich das Innere musterte, lief er herum, öffnete Fenster und schob die Türen an der Rückseite auf. Wie ich mir gedacht hatte, bestand die Hütte aus einem großen Raum, auch wenn es ein kleines Badezimmer mit einer Tür zu meiner Rechten gab. Die Küche verfügte über einen Kühlschrank und einen Herd mit Backofen sowie ein Geschirrspülbecken, von wo man auf die Blumenwiese schauen konnte. Zudem gab es eine kleine Kücheninsel aus Holz. Es gab keinen Geschirrspüler, nur ein Trockengestell. Dafür gab es einen großen Kamin, der von Naturstein umgeben war.

Ein Ledersofa war diesem zugewandt und ein Polstersessel und -hocker standen in der Ecke. Ich konnte mir Jed hier mitten im Winter gut vorstellen. Das Feuer loderte im Kamin und der Hund lag zu seinen Füßen, während er las. In der gegenüberliegenden Ecke befand sich ein großes Bett, dessen Rahmen ebenfalls aus Baumstämmen gefertigt war. Eine Decke lag darauf und eine hing an der Wand über dem Kopfbrett.

Ein dicker Teppich bedeckte den Boden vor dem Kamin und Sofa, doch der Rest bestand aus nackten, breiten Holzplanken. Der Raum war stickig, weil er abgesperrt gewesen war, doch durch die Fenster wehte nun eine Brise herein, die die einfachen Musselinvorhänge zum Flattern brachte.

Jemand hatte diese Hütte von Hand gebaut und ich vermutete, dass es Jed gewesen war.

„Hast du die Hütte gebaut?"

Er zuckte mit den Achseln und sah sich um. „Mein Vater und ich. Ich kaufte mir das Land nach dem College. Wenn ich nach Hause zu Besuch kam, arbeiteten wir daran. Manche Dinge gaben wir in Auftrag wie beispielsweise das Fundament und den Schornstein. Meine Mutter hat sich um die Dekoration gekümmert."

Ich konnte mir nicht vorstellen, dass Jed dunkelblaue Zierkissen für das Ledersofa oder Scheibengardinen aussuchte. Sie hatte jedoch bloß sanft in die

Deko eingegriffen, denn ihre Ergänzungen ließen die Hütte nicht feminin wirken, nur charmant.

„Sie ist wirklich toll, Jed."

Seine Augen weiteten sich, während er sie auf mich richtete. „Es ist keine Milliardärs–"

Ich hielt die Hand hoch. „Beende diesen Satz ja nicht. Denkst du, ich bin zu... versnobt für das hier?" Dann fuchtelte ich mit der Hand, um auf seine Hütte zu deuten.

Sein Blick wanderte über mich. „Jeder zieht sich den Schuh an, der ihm passt, Prinzessin."

Ich sah an mir hinab und betrachtete mein Geschäftskleid und meine High Heels. So gekleidet sah ich an diesem Ort lächerlich aus. Indem ich meinen Fuß hochhob, packte ich einen Absatz, zerrte den Schuh von meinem Fuß und ließ ihn auf den Boden fallen. Dann wiederholte ich den Vorgang bei dem anderen Schuh.

„Ich hatte keine Zeit, eine Tasche zu packen. Entweder das hier oder ich muss nackt rumlaufen."

In seinen Augen loderte Hitze auf, während er mich ein weiteres Mal von Kopf bis Fuß musterte, wobei er sich mich definitiv nackt vorstellte.

„Auch wenn du auf jeden Fall demnächst nackt sein wirst, müssen wir vorher reden."

„*Wir*? Ich bin hier nicht die Lügnerin."

„Bist du dir da sicher?"

„Was soll das denn heißen? Du hast mich gefickt... um was? Antworten zu kriegen?"

„Ich habe dich gefickt, um dich zum Höhepunkt zu bringen. Weil ich keine Sekunde länger warten konnte, meinen Schwanz in dich zu stecken."

Die Worte waren heiß, aber leer. „Du hast mich *benutzt*."

Er rieb mit einer Hand über seinen Bart und seufzte. „Wenn ich mich richtig erinnere, warst du diejenige, die über den Schreibtisch ihres Daddys gebeugt war und meinen Mund an ihrer Pussy hatte."

„Ich... ich –" Ich hatte keine Ahnung, was ich sagen sollte. Plötzlich war ich so wütend, dass ich mir sicher war, dass mir Rauch aus den Ohren kam. „Du bist vielleicht sauer wegen dem, was Macon tat, aber er behandelte mich nur schlecht. Angefasst hat *er* mich nie."

Falls Backenzähne zu Staub gemahlen werden konnten, dann würde seinen dieses Schicksal vermutlich blühen. Ich hatte so ein Gefühl, dass er etwas erwidern wollte. Stattdessen ging er zu der Tasche, öffnete den Reißverschluss und wühlte darin herum. „Hier, Prinzessin. Das ist das Beste, das ich finden kann." Er reichte mir ein T-Shirt und dicke Socken. Deutete mit dem Kopf zum Bad. „Zieh dich um und dann unterhalten wir uns."

Er ließ mich dort stehen und ging hinaus auf die Veranda, woraufhin die Fliegengittertür hinter ihm zufiel. Die Hunde rannten die Stufen hoch und umkreisten ihn, damit er sie streichelte. Jeds Hund – von dem ich nicht einmal gewusst hatte – hatte einen Stock im Maul. Jed griff danach und warf ihn auf die Wiese. Beide Hunde rannten dem Stock hinterher.

Schaute ich Jed so bewundernd an, wenn er mir etwas hinwarf, wie Zuneigung oder Orgasmen, und rannte ich diesen immer wieder hinterher?

Ich stöhnte, dann stapfte ich ins Bad, um mich umzuziehen. Er hatte recht. Wir hatten einiges zu besprechen. Das Badezimmer war klein und verfügte über ein Waschbecken, eine Klauenfußwanne und Toilette. Ein passender geflochtener Teppich lag auf dem Boden. Dunkelblaue Handtücher lagen ordentlich gefaltet auf einem Regal über der Toilette und ein dazu passendes Handtuch hing an einem Haken neben dem Waschbecken.

Ich wusste nicht, wie oft Jed zu der Hütte kam, aber sie war ordentlich und sauber. Definitiv keine Junggesellenbude wie Easts Bleibe in Bozeman. Ich sah nicht mal einen Fernseher.

Ich zog mein feuchtes Kleid aus und sein T-Shirt an. Es war grau und auf der Brust stand in riesigen schwarzen Buchstaben FBI. Es war auch warm und roch nach Waschpulver sowie Jed und war riesig an mir, wodurch es mich daran erinnerte, wie groß der Mann war. Ich hängte mein Kleid über die Duschvorhangstange. Es war zu warm für Socken, weshalb ich sie zusammengerollt ließ und im Vorbeigehen wieder in die Tasche warf.

Jed saß in einem Adirondack-Stuhl und hatte einen Fuß auf die Brüstung gelegt, als ich rauskam. Er musterte mich von Kopf bis Fuß, aber sagte nichts. Die Hunde lagen ausgestreckt zu seinen Füßen. Eddie sah mich, aber bewegte sich nicht abgesehen von einem Schwanzwedeln.

„Wie heißt dein Hund?"

„Boozer."

Der Hund hob den Kopf, als er seinen Namen hörte, leckte sich über die Lefzen und ließ ihn wieder nach unten plumpsen. Ich vermutete, dass er ein Mischling war, aber irgendeine Jagdhundrasse in sich hatte. Sein Fell war braun und hatte Stellen mit helleren Haaren.

„Ich hab dir ein Wasser geholt." Er deutete auf zwei Gläser, die auf einem Baumstumpf standen, der als kleiner Tisch benutzt wurde. Dort lag auch ein Geschirrtuch und da der andere Stuhl trocken war, nahm ich an, dass er ihn benutzt hatte, um ihn nach dem Regen abzutrocknen. Ich ließ mich auf den bequemen Stuhl fallen und trank einen großen Schluck Wasser. Es war kühl und frisch, entweder von einem Brunnen oder einer Quelle.

„Haben wir hier draußen überhaupt Essen?", erkundigte ich mich.

„Wir mögen mitten im Nirgendwo sein, aber es gibt

Strom. Propan. Die Gefriertruhe ist voll mit Fertiggerichten. Wir werden nicht verhungern. Ich weiß, du hast viele Fragen, Prinzessin."

Er stellte keine Frage und daher schwieg ich.

„Ich werde am Anfang beginnen. Ich wurde auf dem College vom FBI rekrutiert, was du bereits weißt."

Ich nickte und stellte das Glas ab.

„Du weißt ebenfalls, dass ich gefeuert wurde, weil ich Bestechungsgelder von korrupten Beamten angenommen habe und nun... den Bösen." Er stand auf, drehte sich um und lehnte sich an die Brüstung, sodass er mir zugewandt war. „Ich wurde nicht gefeuert. Mir wurde ein neuer Fall zugewiesen. Macon Wainright."

Mein Kopf schnellte überrascht nach oben. „Was?"

„Gegen ihn wird seit dem vergangenen Jahr ermittelt, aber die Beamten kamen einfach nicht weiter. Sie brauchten jemanden im Inneren. Jemanden undercover."

„Dich."

Er nickte. „Es ist nicht so, als könnte jeder Agent diesen Job hier draußen machen. Er – oder sie – musste sich unter die Leute mischen können und eine glaubhafte Geschichte haben."

Jed war in dieser Gegend geboren worden und aufgewachsen. Er war Cowboy gewesen, bevor er Agent geworden war.

„Wie lautet der Spruch?", sagte ich. „Mann kann

den Cowboy nicht aus dem Agenten nehmen, aber du kannst den Agenten aus dem Cowboy nehmen?"

Sein Mundwinkel bog sich nach oben. „So was in der Art."

„Es ist nur ein Zufall, dass du dort aufgewachsen bist, wo deine Ermittlung stattfindet", sagte ich und dachte darüber nach, wie klein die Welt doch war.

Sein Kiefer verkrampfte sich, dann entspannte er sich. „Ein verdammt großer Zufall, wovon sie beim FBI begeistert waren. Ich war der Einzige, der für den Job infrage kam. Meine Tarnung war leicht zu erstellen, weil fast alles der Wahrheit entsprach. Die Leute erinnerten sich an mich."

Ich errötete, denn ich hatte mich selbst nach all den Jahren noch an ihn erinnert. Ich hatte seine Tarngeschichte geglaubt.

„Also bist du als Teil deiner Tarnung zurückgekommen und hast einen Job bei John Marshall angenommen, um durch ihn Zugang zu Macon zu kriegen."

Ein Vogel flog vorbei, schrie und segelte in den Wald.

„Ja."

Meine Gedanken gingen alle Möglichkeiten durch, was Macon getan haben könnte, das ihn auf den Radar des FBIs befördert hatte. „Was glaubt ihr, hat er getan?"

Sie hätten nicht ein Jahr lang gegen meinen Vater

ermittelt, wenn sie ihn nicht als Verdächtigen gesehen hätten. Und Jed undercover zu schicken –

„Das FBI ist bundesstaatlich. Wir kümmern uns nur um eine bestimmte Art von Fällen. Terrorismus."

Mein Mund klappte auf. „Terrorismus? Du denkst –"

Er hielt eine Hand hoch. „Nein. Wir sind auch auf Wirtschaftskriminalität und öffentliche Korruption spezialisiert. Macon war gut darin, böse zu sein, North. Der CEO einer Milliarden-Dollar-Firma hatte Talent dafür, eine reine Weste zu bewahren."

Ich wusste das. Ich nahm an, dass er vor nichts halt gemacht hatte, um einen Deal zum Abschluss zu bringen, denn er hatte sogar mich benutzt, aber ich hatte nicht gewusst, dass er in illegale Geschäfte verstrickt gewesen war. Unethische, definitiv.

„Er ist tot. Dein Fall ist geschlossen. Warum bist du noch immer hier?"

Ich schluckte, weil ich mir nicht sicher war, ob ich die Antwort wissen wollte. Würde er gehen? Wollte ich das? Ich hasste ihn oder zumindest hatte ich das gedacht. Ich wusste nicht mehr, was echt war.

„Weil sich der Fall auf eine andere Person verlagert hat. Auf die neue CEO."

13

ORTH

Ich sprang auf die Füße und er packte mich, bevor ich davonstürmen konnte. Sein Arm legte sich um meine Taille und er zog mich nach hinten an sich. Ich wünschte mir, ich hätte noch meine High Heels an, damit ich ihm einen auf den Fußrücken rammen könnte.

„Lass mich los!" Ich wehrte mich, aber er wollte mich nicht loslassen.

„Du hast es nicht getan", sagte er, wobei seine Stimme ein Knurren in meinem Ohr war.

„Ich weiß nicht einmal, was *es* ist."

„Du hast es nicht getan", wiederholte er.

Ich starrte auf die Baumstämme, aus denen das Haus gebaut war, und auf die Fliegengittertür. „Ich habe dich schon beim ersten Mal gehört. Du hättest mich verhaften lassen, hättest du Beweise dafür gehabt, dass ich es... was auch immer getan habe. Was bedeutet, dass ich wissen möchte, für welche Information du mich fickst."

Er ließ mich los, als hätte ich ihn verbrannt.

Ich marschierte über die Veranda und verschränkte die Arme vor der Brust.

„Marshall kaufte ein Stück Land an der kanadischen Grenze", begann Jed. „Er kaufte es für Macon, weil der Besitzer nicht an deinen Vater verkaufen wollte. Wir kennen den Grund dafür nicht. Vielleicht weil er ein zwielichtiges Arschloch war. Wir haben Aufzeichnungen für den Verkauf an Marshall. Wir haben auch einen Vertrag, den Macon unterschrieben hat und in dem die Absicht ausgedrückt wird, ihm das Land abzukaufen."

Ich erstarrte, weil das, was er sagte, Fakt war. Ich wusste das alles, weil ich diesen Deal am Vorabend abgesegnet hatte. Ich hatte Julian dazu veranlasst, das nötige Geld an Marshall zu überweisen. Ich hatte es nicht getan, um Marshall glücklich zu machen, sondern um zu sehen, wo Jed stand und ob er gehen würde, nachdem der Auftrag für seinen Boss erledigt war.

Wie sich herausstellte, war das nicht einmal sein

richtiger Job.

„Du weißt, wovon ich spreche", sagte er und musterte mich.

Ich nickte und leckte mir über die Lippen. „Ja. Das ist nicht illegal."

„Nein, das ist es nicht. Uns interessiert, was Macon mit dem Land vorhatte."

„Jedes Stück Land, das Wainright Holdings kauft, ist für den Naturschutz gedacht. Es wäre an eine Naturschutzorganisation gespendet worden."

Jed lehnte sich ein weiteres Mal nach hinten gegen die Brüstung und schüttelte langsam den Kopf. „Unsere Informanten sagen, dass er vorhatte, das Land an eine Holzfällerfirma zu vermieten. Dann an eine Firma, die Tagebau betreibt."

„Nein. Nein, das stimmt nicht. Das kann er nicht tun. Es gibt Gesetze."

„Das FBI ermittelt in Fällen von Wirtschaftskriminalität und öffentlicher Korruption", wiederholte er.

Ich biss mir auf die Lippe. Dachte nach.

„Du kanntest Macon besser als jeder andere. Denkst du, dass das etwas ist, das er tun würde?"

Es klang nach ihm. „Ich bin die Leiterin der Wohltätigkeitsabteilung der Firma. Ich weiß nichts davon."

„Was er vorhatte, war nicht gerade wohltätig", entgegnete er.

Je ruhiger er wurde, desto wütender wurde ich. Das trug deutlich Macons Handschrift. Er hatte mich im Dunkeln gehalten, weil ich mich dagegen gewehrt hätte. „Na schön. Er ist tot. Nichts davon spielt jetzt noch eine Rolle."

„Außer er hat die Deals mit Regierungsoffiziellen und den Holzfällern unter der Bedingung abgeschlossen, dass sie bei Kauf des Landes in Kraft treten."

Oh Scheiße.

Hatte ich gerade die Zerstörung hunderter Acres unberührter Wildnis in Gang gesetzt?

„Ich wusste nichts davon", sagte ich und weigerte mich, ihm zu erzählen, dass ich den Vertrag mit Marshall zum Abschluss gebracht hatte. Der Kauf war nicht illegal, vor allem nicht, wenn ich das Land tatsächlich an eine Naturschutzorganisation spendete.

Ich hatte den Vertrag mit den Holzfällern, oder welche Firma es auch war, nicht gesehen. Er war nicht in dem Haufen gewesen, den mir Julian am Vortag gegeben hatte. Ich konnte mir vorstellen, wo er sich befand und auch, dass Macon wirklich einen geheimen Stapel mit Verträgen hatte, von denen ich nie Wind bekommen sollte.

Natürlich hatte er das. Ich würde den Vertrag finden und sicherstellen müssen, dass er nie unterschrieben wurde, denn das Land sollte geschützt, nicht zerstört werden.

„Ich weiß", sagte er.

„Angenommen er ist echt. Dieser... Deal. Ohne meine Unterschrift ist er so tot wie Macon."

"Vielleicht. Deswegen hat mich das FBI weiterermitteln lassen."

"Gegen mich, meinst du." Ich schloss die Augen und schüttelte den Kopf. „Das hier fing an, als du zur Totenwache gekommen bist. Du hast zugegeben, dass du wegen Marshall dort warst. Das Ziel war damals, mich zu ficken, um... was, damit ich den Landvertrag unterschreibe, oder?"

Ich sah, wie er zusammenzuckte.

Ich holte tief Luft, stieß sie aus und versuchte, nicht zu weinen. Gott, dieser Mann entlockte mir jede Emotion. Ich spürte Dinge. Ich fühlte bei ihm so viele Dinge und nicht alle waren gut. Er konnte irgendwie in einer Minute alte Wunden heilen und mich in der nächsten mit neuen zerstören.

„Aber das war nicht alles. Du kamst für deinen anderen Boss zurück. Das FBI." Ich schniefte. „Wow, im Bett waren gestern Nacht mehr Leute, als ich gedacht habe."

Er stöhnte und rieb sich über den Bart. „Marshall hat mich zu der Totenwache geschickt und gesagt, ich solle dich ficken, um Antworten von dir zu erhalten. Da Macon tot war, hingen Millionen Dollar in der Schwebe und er musste wissen, ob der Kauf über die Bühne gehen würde."

Ich hätte nicht gedacht, dass er es tatsächlich zugeben würde.

Er machte einen Schritt auf mich zu und ich trat

zurück.

„In dem Moment, in dem ich dich auf der Totenwache die Treppe runterkommen sah, änderte sich alles."

„Also wolltest du mich nicht vögeln. Das sah für mich anders aus."

Tränen schnürten mir die Kehle zu und ich schluckte schwer.

„Das hatte man mir zu tun befohlen. Es war nicht das, was ich getan *hätte*. Wir sind uns ein bisschen ähnlich, nicht wahr?"

Ich schürzte die Lippen. „Ich sehe nicht wie." Ich betrachtete seine kräftige Gestalt und fühlte mich im Vergleich dazu so klein.

„Wir hatten den Befehl, zu ficken, um anderen zu beschaffen, was sie wollten."

„Der Unterschied ist, dass der texanische Öl-Tycoon kein Nein akzeptiert hätte."

Ich meinte, ihn knurren zu hören. „Ich will den Namen dieses Arschlochs wissen."

Lachend sagte ich: „Damit du ihn verprügeln kannst?"

„Damit ich ihn ins Gefängnis werfen kann."

Er meinte das todernst und das sorgte dafür, dass... ich mich gut fühlte. Aber ich hasste ihn.

„Na schön. Du hast deine Meinung darüber geändert, zu tun, was Marshall befahl. Was ist mit deinem echten Chef vom FBI? Ich bin mir sicher er –"

„Sie", korrigierte er.

„Sie ist nicht allzu begeistert, dass du mit einer Verdächtigen schläfst."

„Sie weiß es nicht. Ich genieße und schweige."

Ich musterte ihn. Eddie stand auf, ging zu einer Schüssel Wasser in der Verandaecke und trank schlabbernd.

„Du bist ein schrecklicher Angestellter", sagte ich schließlich.

Er lächelte, aber das Lächeln erreichte seine Augen nicht. „Kein Witz. Marshall gehört noch immer ein Stück Land, das er nicht will, und das FBI kann dich mit keinen Verbrechen in Verbindung bringen."

Jed wusste nicht von dem unterschriebenen Vertrag, was bedeutete, dass er heute Morgen nicht mit Marshall geredet hatte.

„Du hast mich hier rausgeschleift, um was zu tun? Mich zu zwingen, den Vertrag zu unterschreiben, den mein Vater mit Marshall gemacht hat, und mich dann dazu zu bringen all meine Dateien zu öffnen, damit du sie durchgehen kannst? Entweder das oder Gefängnis?"

„Du bist hier, weil jemand auf dich geschossen hat. Weil jemand versucht hat, dich zu töten."

„Tot nütze ich dir nichts", entgegnete ich.

Er starrte mich mit großen Augen an, dann rieb er mit einer Hand über sein Gesicht und fuhr durch seinen Bart. Das war sein unverwechselbares Anzeichen für Frust.

„Meine Fresse, Frau. Du hast keine Ahnung, wie besonders du bist. Wie fantastisch. So verdammt stark. Stur. Frustrierend."

„Yay, genau das, was jede Frau hören möch–"

Er überwand die Distanz zwischen uns und legte eine Hand auf meinen Mund, ehe er seine andere Hand in meinen Rücken legte.

„Du bist hier, weil ich dich beschütze. Weil es meine Aufgabe ist, das zu tun. Nicht weil ich für Marshall oder das FBI arbeite. Sondern weil ich dein Mann bin."

Er zog seine Hand weg und küsste mich, als wäre ich Wasser und er gerade durch die Wüste gewandert. Als wäre er mein Mann. Als... wäre ich sein und er würde das beweisen.

Irgendwann unterbrach er den Kuss und lehnte seine Stirn an meine.

„Ich habe dich auf der Totenwache gesehen und an Ort und Stelle beschlossen, dass du mein bist. Ich habe dich nie von dem Picknick vergessen, an dem du mit Jock teilgenommen hast. Ich fühlte mich damals schon zu dir hingezogen. Dieses Gefühl ist nie verschwunden."

Oh.

„Denkst du, ich wollte mich in die Frau verlieben, von der Marshall wollte, dass ich sie vögle, und gegen die ich laut meiner Chefin verdeckt ermitteln sollte?"

„Was?" Ich starrte ihn entsetzt an.

„Als du zum ersten Mal erwähnt hast, dass du Informationen über mich eingeholt hast, sagte ich dir, dass du nicht alles glauben solltest, das du liest. Ich wollte dir die Wahrheit erzählen. Ich konnte nicht." Sein dunkler Blick sank auf meine Lippen. „Ich liebe dich, North Wainright. Das ist keine Lüge."

„Das kannst du nicht", flüsterte ich. Diese drei Worte waren das Letzte, das ich von ihm zu hören erwartet hatte. Was ich von *irgendjemandem* zu hören erwartet hatte.

„Das kann ich. Ich werde den Rest meines Lebens damit verbringen, es dir zu beweisen."

„Das ist verrückt", stotterte ich. Ich war jetzt schockierter als zu dem Moment, als man mich darüber informiert hatte, dass Macon gestorben war.

Er knurrte. „Es ist verrückt, dass ich noch immer mit dir diskutiere." Ehe ich mich versah, warf er mich über seine Schulter. Er ging nach drinnen und die Fliegengittertür knallte hinter ihm zu. Er griff sich etwas aus einer Küchenschublade, dann durchquerte er den Raum und ging zum Bett, auf das er mich fallen ließ.

Ich federte auf und ab und sprang wieder nach oben.

„Jed. Was meinst du mit dem Rest deines Lebens?"

„Du hast einen MBA, ich denke, du verstehst das."

„Wir kennen einander kaum und ich weiß nicht einmal, wer du wirklich bist."

Er stand am Fußende des Bettes und verschränkte die Arme vor der Brust. „Du weißt ganz genau, wer ich bin."

„Du hast mich angelogen!"

„Du hast deine Brüder angelogen."

Mein Mund klappte auf, dann schloss ich ihn. „Die zwei Dinge lassen sich nicht miteinander vergleichen. Du kannst nicht behaupten, dass du nicht versucht hast, Beweise für meine Schuld zu finden."

„Ich habe es dir schon gesagt. Du hast es nicht getan. Du bist nicht in Macons Scheiß verwickelt. Das weiß ich."

„Hast du einen Beweis?" Mir entging die Hoffnung in meinen Worten nicht.

„Nein, aber ich habe dich. Ich glaube an dich. Seit der Totenwache habe ich versucht, Beweise für deine Unschuld zu finden."

„Also abgesehen davon, dass jemand auf mich schießt, muss ich mir auch noch Sorgen darum machen, dass mich das FBI ins Gefängnis stecken wird, weil ich von Macon übernommen habe?"

Sein Kiefer mahlte. „Wir wissen nicht, ob es nicht deine Brüder sind, die versuchen, dich zu töten."

Ich hörte, was er sagte. Verarbeitete es, doch mein Gehirn erlahmte. „Meine Brüder?", flüsterte ich.

„Wie oft fährt dich South zur Arbeit?", fragte er.

„Nie."

„Das eine Mal, bei dem er dich gefahren hat, wird auf dich geschossen."

„Er wurde angeschossen!"

„Das passiert nun mal, wenn Kugeln fliegen", konterte er.

„Warum... ich verstehe nicht. Sie... warum –"

„Warum sollten sich deine Brüder deinen Tod wünschen? Mir fallen da eine Milliarde Gründe ein."

Ich schüttelte den Kopf, mein Herz war taub. Ich stand ihnen nicht sonderlich nahe, aber es bestand ein großer Unterschied dazwischen, jemandem keine Geburtstagsgeschenke zu schicken, und einem Mord.

„Sie brauchen mein Geld nicht. Sie haben von unserer Mutter ihre eigenen Treuhandfonds. Ihre Familie baute das Haus. Baute das Imperium auf. Macon war nur der Rancharbeiter."

„Du besitzt mehr Firmenanteile."

Ich lachte und stellte mir vor, wie meine Brüder in Anzügen im Büro arbeiteten. „Sie wollen nichts mit der Firma zu tun haben. So sind sie nicht. Nicht für Geld. Sie haben genug davon."

„Du hast mehr." Er musterte mich, weil er nicht gefragt hatte. Er ging davon aus, dass es eine Tatsache war.

Ich nickte. „Ich habe mehr Anteile. Ich bekomme ein größeres Gehalt. Erhalte Boni. Aber ihre Treuhandfonds sind nicht klein." Jed wusste, dass ich reich war. Er wusste, dass der Spitzname Milliardärsranch zutraf, doch hatten wir nie über die Zahlen gesprochen. „Sie besitzen jeder hunderte von Millionen Dollar und das ohne irgendeine Form der Investition oder Zinsen."

Jed pfiff.

„Das sieht ihnen nicht ähnlich", sagte ich. „Du möchtest, dass ich Leuten vertraue. Das tue ich. Ich vertraue meinen Brüdern."

Er beäugte mich, dann nickte er.

„Na schön. Wir werden uns später mit ihnen in Verbindung setzen und in Erfahrung bringen, was sie über den Schützen herausgefunden haben. Wenn du von hier auf deine Dateien zugreifen kannst, können wir diese durchforsten. Nachschauen, ob wir etwas zu Macons Deal mit den Holzfällern finden können. Aber jetzt…"

Er hob seine Hand und ließ ein Paar Handschellen nach unten baumeln.

Mein Mund klappte auf, während ich das glänzende Metall anstarrte.

„Du verhaftest mich?"

Kopfschüttelnd ließ er seinen Blick über meinen Körper wandern. „Das Einzige, das wir tun können, Prinzessin, ist warten. Und ich weiß ganz genau, wie wir uns die Zeit vertreiben können."

Ich starrte auf die Handschellen und schluckte. „Was?"

„Niemandem ist es jemals gelungen, dich zum Kommen zu bringen. Es gibt nichts, das du tun musst. Keine Arbeit. Keine Anrufe. Kein Yoga oder Schwimmen oder Shoppen oder Maniküre. Keine Rancharbeiter, die Fragen stellen. Kein Assistent."

„Wir werden einfach... was, Sex haben, während wir warten?"

„Ich spiele kein Scrabble mit dir."

„Jed", sagte ich seufzend, obwohl meine Nippel hart vor Vorfreude waren.

„Hast du eine bessere Idee? Denn mir fällt nichts Besseres ein, als meinen Mund auf diese Pussy zu drücken."

Hitze breitete sich in meinem Körper aus. „Okay, also, warum die Handschellen?"

Er ließ sie aufs Bett fallen, stemmte ein Knie auf die Matratze und hob das T-Shirt hoch und von mir. Seine Augen glitten über mein hellgelbes BH und Höschen Set, aber er sagte nichts. Er griff nur hinter mich und entfernte den BH geschickt.

„Weil du keinerlei Zweifel daran hegen wirst, wer die Kontrolle hat, wenn du an mein Kopfbrett gefesselt bist."

Er griff nach den Handschellen und beobachtete meine Augen, während er eine der Manschetten sorgfältig um mein Handgelenk schloss. Ich sagte nichts, aber ich lehnte es auch nicht ab. Ich hatte nie auf Bondage gestanden. Niemand hatte mich jemals während des Sex gefesselt. Nicht einmal mit einer Krawatte oder einem Paar Strümpfe. Die Handschellen und Jed... zusammen? Er machte Dinge mit mir, die ich nie auch nur in Erwägung gezogen hatte, aber die mich definitiv scharf machten.

„Jemand hat auf mich geschossen, Jed", sagte ich, denn plötzlich fühlte ich mich verletzlich.

Anstatt mich zu umarmen oder etwas gegen die Wand zu werfen, nickte er nur, knirschte mit den Zähnen und schloss die Handschelle um mein anderes Handgelenk.

Er half mir, mich zurückzulegen und hob meine Arme über meinen Kopf. Ich war mir nicht sicher, wie es funktionierte, aber die Handschellen hätten eigentlich um das Kopfbrett geführt werden sollen.

Jed zog den Gürtel aus seiner Jeans, dann nutzte er diesen, um ihn um das Holz zu wickeln und anschließend um die Kette der Handschellen, sodass meine Hände nicht in der Nähe der dicken Baumstämme waren. Ich zerrte und testete den Halt. Ich würde nirgendwo hingehen. Ich war mir nicht sicher, ob ich Panik verspüren oder erregt sein sollte. Ich war... beides.

„Fuck, schau dich nur an."

Sein Blick war begehrlich, aber erfüllt von solcher

Ehrfurcht, als wäre das, was er ansah – *mich* – zu hübsch, um echt zu sein. All meine Sorgen verflogen.

Seine Augen huschten zu meinen, während er mit den Händen meine Waden hinaufstreichelte. „Es ist an der Zeit, dass du mir alles gibst, Prinzessin. Auch deine Lust."

14

 ED

Ich war daran gewöhnt, Dinge in Bereiche einzuteilen. Fälle und das echte Leben konnten voneinander getrennt werden. Jetzt verschmolzen sie. North war mein Fall und mein Leben. Es war auf sie geschossen worden. Jemand wollte ihren Tod. Sie hatte sich zwar eingeredet, dass es keiner ihrer Brüder war, aber ich hatte das nicht ausgeschlossen. Noch nicht. Ich würde meine Chefin auf den neuesten Stand bringen und North ermöglichen müssen, sich in ihr Netzwerk einzuloggen. Anschließend musste ich mich mit ihren

Brüdern in Verbindung setzen und herausfinden, was sie sagten. Das alles musste erledigt werden.

Doch nicht jetzt. Jetzt war North erst einmal weg von allem. Ich hatte so ein Gefühl, dass dieser Moment wie ein Einhorn war. Ich konnte mir nicht die Gelegenheit entgehen lassen, meine Frau ganz und gar allein für mich zu haben. Sie war an mein verdammtes Bett gefesselt und musste sich nur auf eine einzige Sache konzentrieren. Einen Orgasmus.

Ich fragte mich, ob sie jemals die Gelegenheit gehabt hatte, das Denken vollkommen einzustellen. Es war offensichtlich, dass sie sich nie irgendjemandem vollständig hingegeben hatte. Nicht einmal mir. Noch nicht.

Ich würde sie an ihre Grenzen und zu Orten bringen, an denen sie zuvor aufgegeben und ihre Finger benutzt hatte. An denen sie aufgehört hatte, zu vertrauen oder sich jemandem hinzugeben, damit sich derjenige um sie kümmern konnte.

Ich würde es jetzt versuchen. Ich würde sie beobachten, aber wenn sie wirklich nicht kommen konnte, würde ich es nicht schlimmer machen. North dabei zu beobachten, wie sie sich während des Sex berührte, war verdammt heiß. Ich war Manns genug, um damit den Rest meines Lebens einverstanden zu sein, solange sie dabei meinen Namen schrie.

Als sie die Handschellen testete, packte ich ihr Fußgelenk und streichelte ihre Wade. „Alles okay?"

Ihre Augen blickten in meine. Skeptisch, klar. Erregt, definitiv. Sie leckte sich über die Lippen und nickte.

Ich hatte keine so hohe Meinung von mir, dass ich mich für besser als jeder Mann hielt, mit dem sie bisher geschlafen hatte. Ich glaubte auch nicht, dass sie nicht hatte kommen können, weil die anderen alle beschissen im Bett gewesen waren.

Sie hatte es bei mir auch nicht tun können. Ich war kein Sextherapeut, aber wenn sie kommen konnte, indem sie losließ... komplett, dann war dies der richtige Zeitpunkt, um die Theorie zu testen.

Wir waren vorerst von der Bildfläche verschwunden. Wir hatten zwar nicht alle Zeit der Welt, aber wir hatten genug.

Meine Hände glitten ihre Innenschenkel hinauf und spreizten ihre Beine weit. Mit langsamen Bewegungen schob ich ihr hübsches gelbes Höschen über ihre Schenkel nach unten und warf es über meine Schulter. Bevor sie ihre Knie wieder zusammenpressen konnte, schob ich meine Schultern dazwischen und teilte sie mit den Daumen.

„Die hübscheste Pussy."

„Jed", flüsterte sie und wand sich ein wenig.

Ich verpasste ihr einen leichten Klaps direkt auf ihre Klit. „Dräng mich nicht."

Sie hob den Kopf vom Kissen, starrte... nein *funkelte* finster an ihrem nackten Körper hinab auf mich, während sich ihre Nippel aufrichteten und ihre Süße aus ihrer Pussy tropfte.

„Das hier wird folgendermaßen ablaufen. Du wirst fühlen. Schreien, kreischen, keuchen. Stöhnen. Dich winden. Was auch immer du willst. Aber abgesehen davon, Stopp zu mir zu sagen... nein, nicht einmal das. Du sagst Rot, Prinzessin, wenn du ein Problem hast. Ein echtes Problem, wie dass dir die Handschellen wehtun."

„Du möchtest, dass ich ein Safeword habe?", fragte sie mit großen Augen.

„Ich will, dass du weißt, dass du in Sicherheit bist", entgegnete ich und fuhr fort, mit den Händen über ihre seidige Haut zu streicheln. „Du hast hier nicht das Sagen. Du hast keine Kontrolle. Du musst gar nichts tun. Ich muss nirgendwo anders als zwischen deinen Schenkeln sein. Ich bin nicht in Eile. Kapiert?"

„Dir wird langweilig werden, wenn es zu lange dauert."

Darüber lachte ich. „Langweilig?" Ich deutete auf ihre Pussy. „Hier? Ich könnte den Rest meines Lebens genau hier verbringen."

Sie bedachte mich mit einem bösen Blick, von dem ich vermutete, dass sie ihn in der Vergangenheit eingesetzt hatte, damit geringere Männer vor ihr kauerten. „Ja. Aber ich kann nicht kommen, ohne meine Finger an meiner Klit zu benutzen."

Diese Worte waren eine Herausforderung. Ich

wollte eigentlich sagen, *spitz die Ohren und schau zu*, aber ich antwortete nicht. Stattdessen machte ich mich ans Werk. Ich hatte nicht gelogen, als ich ihr erzählt hatte, dass es keine Qual war, sie zu lecken. Ihre Pussy war das Süßeste auf der Welt. Heiß, feucht. Prall. So rosa. Ich hatte keine Ahnung, wie lange ich sie leckte und fingerte, aber sie wand sich und stöhnte, zerrte an den Handschellen und rief meinen Namen.

Schweißperlen sammelten sich auf ihrer Haut.

Ich nahm mir Zeit, herauszufinden, wie ihre Klit geleckt werden wollte, und wie viel Druck ich auf ihren G-Punkt ausüben musste. Tiefes Eindringen versus kurzes Eindringen. Das Umkreisen ihres Eingangs. Reizen. Als ich schließlich zusätzlich mit dem Daumen über ihren Hintern wirbelte, nahm ihre Erregung gewaltig zu.

Sie war so nah an dem Punkt dran, an dem sie sich vermutlich selbst über die Ziellinie bringen könnte. Die Handschellen rasselten und ich wusste, dass sie nach unten greifen und genau das tun wollte.

Ich sah an ihrem umwerfenden Körper hoch und sie hob den Kopf. Schaute mich an. Dann brach sie in Tränen aus.

Ich küsste einen Pfad ihren Körper hinauf, während sie weinte. Ich hatte dafür sorgen wollen, dass sie alles rausließ, und das hatte ich geschafft.

„Schh", murmelte ich, küsste einen Nippel, dann

den anderen und arbeitete mich zu ihren Wangen hoch.

„Jed!", heulte sie.

„Ziemlich intensiv, hm?", flüsterte ich, während ich an ihrem Hals knabberte. „Ich hab dich. Du bist in Sicherheit."

Der Weinanfall versiegte ziemlich schnell und ich legte meine Hand neben ihren Kopf und starrte auf sie herab.

Sie öffnete blinzelnd ihre feuchten Augen.

„Okay?", fragte ich.

Sie schniefte. „Ja."

„Braves Mädchen. Ich bin zu einer guten Stelle gekommen, aber du hast alles bei einem anderen Ventil rausgelassen. Bereit für mehr?"

Sie starrte mich mit tränenfeuchten, verwirrten Augen an. „Das ist... du bist nicht –"

„Alles andere als fertig. Denk daran, ich habe nichts anderes zu tun, als dich zum Höhepunkt zu bringen."

Sie nickte und holte tief Luft.

Ich schenkte ihr ein Lächeln, küsste sie und stemmte mich vom Bett.

Ich erhob mich, holte ein Kondom aus meiner Tasche, zog mich aus und schützte uns beide.

Ich ging wieder zwischen ihren Schenkeln in Position und legte meinen Mund abermals auf sie. Sie schmeckte so verdammt gut. „Jed, ich dachte –"

„Du hast hier nicht das Sagen", erinnerte ich sie und brachte sie dazu, den Verstand zu verlieren.

Erst, als sie wieder über alle Maßen erregt war, veränderte ich meine Position und stieß mich in sie. Fickte sie.

Dann zog ich mich aus ihr zurück, leckte sie und benutzte meine Finger. Anschließend ging ich wieder dazu über, ihr mehr von meinem Schwanz zu geben.

Ich wechselte mich ab, sodass ich sie komplett um den Verstand brachte. Meine Hoden waren zusammengezogen, denn sie so zu beobachten, vollkommen an die Empfindungen verloren, die ich in ihr hervorrief, war intensiv. Sie keuchte, stöhnte, jammerte. Schrie meinen Namen.

Ich drehte sie auf den Bauch, wobei sich der Gürtel, der die Handschellen mit dem Kopfbrett verband, verdrehte und die Bewegung erlaubte. Daraufhin zog ich sie auf Hände und Knie.

Ich kniete mich hinter sie, schob ihre Knie weit auseinander und glitt wieder in sie. „Jetzt, Prinzessin. Komm jetzt."

Mit dem Daumen kreiste ich um die Stelle, wo ich sie füllte, um ihn mit ihren Säften zu überziehen, dann presste ich ihn in ihren Anus. Zur selben Zeit griff ich mit der anderen Hand um sie, fand ihre glitschige Klit und zwickte sie.

Ihre inneren Wände verkrampften sich, als sie kam. Und kam. Ihre Finger krallten sich in die Bettdecke. Ihre Zehen krümmten sich. Ihre langen Haare klebten an ihrem verschwitzten Rücken. Ihre inneren Wände molken meinen Daumen und Schwanz. Sie schrie, dann verstummte sie, als sich ihre Muskeln anspannten.

„Fuck ja", hauchte ich und hämmerte mich jetzt in sie, nahm von ihr. Gab. Gemeinsam fanden wir Vollendung.

15

North

Ich schlief ein. Jed hatte die Handschellen entfernt und seinen großen Körper um meinen gekrümmt. Er flüsterte mir ins Ohr, wie hübsch und perfekt ich sei. Dann schlief ich ein. Ich hatte keine Ahnung, wie lange ich schlief, aber es konnte nicht sonderlich lange gewesen sein. Die Sonne schien und ich konnte Jed auf der Veranda reden hören.

Ich angelte mir das FBI-T-Shirt vom Boden und zog es an. Dieses Mal ließ ich das Höschen und den BH weg und schloss mich Jed draußen an.

Sein Blick wanderte über mich, während ich auf die Veranda trat. Mir entging nicht, dass er nur seine

Jeans anhatte. Ich war vorhin nicht in der Lage gewesen, diesen kräftigen, muskulösen Körper zu berühren. Es juckte mich in den Fingern, das nun nachzuholen.

Die Hunde waren draußen auf der Wiese und schnüffelten. Sie sahen mich, wedelten mit den Schwänzen und widmeten sich dann wieder dem Geruch, dem sie zu folgen schienen.

„Das glaube ich auch", sprach er ins Handy, während er seinen Finger krümmte und mich zu sich lockte. „Ja." Er hielt inne. „Keine Ahnung."

Ich stoppte vor ihm und er legte einen Arm um meine Taille und setzte mich auf seinen Schoß. Der Winkel des Adirondack-Stuhls sorgte dafür, dass ich nach hinten gegen ihn geneigt war und mein Kopf auf seiner Brust ruhte. Der Arm, der um mich gelegt war, umfing meinen nackten Schenkel.

„Es ist South", sagte er und reichte mir das Handy.

„Hi", sagte ich, nachdem ich das Telefon an mein Ohr gedrückt hatte.

„Kommst du zurecht?"

Ich ließ die Tatsache aus, dass mich Jed mit Handschellen an sein Bett gefesselt und mir einen Orgasmus entrungen hatte. Einen Mann gemachten Orgasmus. South war auf Jeds Seite, aber das würde sich vielleicht ändern, wenn er wüsste, wie Jed über mich hergefallen war und dass er mich auf die Knie hatte gehen lassen. Anscheinend stand ich auf Analspielchen und es würde vermutlich nicht lange dauern, bevor er dort mehr als nur seinen Daumen einführte.

Dann war da noch die Tatsache, dass Jed dachte, South könnte derjenige sein, der sich meinen Tod wünschte.

„Ja", antwortete ich. „Hast du etwas Neues erfahren?"

„Ich habe mit dem Sheriff gesprochen. Wir haben leere Patronenhülsen auf dem Dach des Geschenkladens gefunden. Obwohl er nur ein Stockwerk hoch ist, hat er auf der Rückseite eine Leiter."

Ich seufzte, weil ich wusste, dass das nicht viel war, denn es bewies lediglich, dass die Schüsse absichtlich abgegeben worden waren.

„Gib uns Bescheid, wenn du noch irgendetwas erfährst."

„Ich wünsche mir deinen Tod nicht, North."

Ich drehte mich um und schaute zu Jed hoch. Er konnte wahrscheinlich hören, was South gesagt hatte, und sah nicht das geringste bisschen zerknirscht aus.

„Ich weiß", antwortete ich und stellte mir das Gespräch vor, das sie geführt haben mussten, während ich geschlafen hatte.

„Ich will Jed windelweich prügeln, weil er auch nur gedacht hat, wir drei würden dir wehtun, aber er beschützt dich. Das respektiere ich."

Ich seufzte, denn ich realisierte, dass South recht hatte. Auf verdrehte Weise zeigte Jed, wie wichtig ich ihm war. Für ihn spielte es keine Rolle, dass ihn die drei hassen würden. Das war nicht wichtig für ihn.

Ich schon.

„West und East sagen Hallo. Sie sind froh, dass du in Sicherheit bist."

„Sag ihnen auch Hallo von mir."

South legte auf und ich gab Jed das Handy zurück. Er legte es auf den kleinen Tisch, dann neigte er mein Kinn nach oben, damit ich in seine dunklen Augen blicken konnte. „Geht's dir gut, Prinzessin?"

Ich nickte, wobei mir bewusst wurde, dass es stimmte. Daraufhin umfing ich seinen Kiefer und spürte das weiche Kratzen seines Bartes.

„Ich habe dich ziemlich weit über deine Grenzen hinausgebracht."

Ich schaute weg und fühlte, dass meine Wangen heiß wurden. „Ja. Aber... Gott, es war fantastisch."

Er beugte sich nach unten und küsste meine Nase. „Wir müssen dich nur aus deinem Kopf holen. Wir werden daran arbeiten, aber du sollst wissen, dass es verflucht sexy ist, dir dabei zuzuschauen, wie du dich berührst."

„Du magst es, solange ich komme."

Er küsste meine Stirn. „Jedes Mal. Und oft."

„Ja, nun. Im Moment ist eine Menge los, also werden wir sehen, was passiert. Wir können nicht für immer in dieser Hütte bleiben."

Sein Handy klingelte und er tippte darauf, damit er das Display lesen konnte. Er grunzte. „Meine Chefin."

Ich nahm an, dass er die FBI-Chefin meinte. Und das bedeutete, dass unsere kleine Blase der Isolation soeben geplatzt war.

„Direktorin", sagte er. „Ja. Sie ist hier bei mir. Ja. Nein. Ja, sie weiß Bescheid. Ich werde den Lautsprecher aktivieren."

Dieser kurze Wortwechsel dauerte ungefähr eine Minute. Jeds Gesicht gab nichts preis, während seine Chefin sprach. Ich atmete scharf ein, als er auf den Knopf drückte und das Handy zwischen uns hielt.

„Legen Sie los", sagte Jed.

„Hallo, North. Hier spricht Direktorin Amy Sprouse. Sie wissen anscheinend von unserer Ermittlung gegen Ihren Vater."

„Gegen mich, so wie ich es verstehe", erwiderte ich und blickte zu Jed aus Sorge, dass er wütend auf mich sein würde, weil ich mich gegen seine Chefin zur Wehr setzte. Er nickte knapp.

„Agent Barnett hat Ihnen einiges erzählt."

„Das habe ich", sagte er. „Zwischen uns gibt es keine Geheimnisse."

Mein Herz setzte bei diesen Worten einen Schlag aus. Er sprach sie nicht nur zu mir, sondern auch zu seiner Vorgesetzten beim verfluchten FBI.

„Sind Sie sich da sicher?", konterte sie. „Hat sie Ihnen erzählt, dass Sie den Vertrag mit John Marshall unterschrieben hat? Dass Wainright Holdings nun das Stück Land gehört, das der Fokus unserer jüngsten Ermittlung war?"

Jeds Finger spannten sich an meinem Schenkel an und seine Augen bohrten sich in mich.

„Letzte Nacht", sagte ich. „Danach."

Mehr erklärte ich nicht, aber er wusste, was ich meinte, weil meine Wangen heiß wurden. Nach dem Telefonzimmer.

„Ich... musste wissen, ob du wegen mir oder dem Land da warst", flüsterte ich.

Sein Kiefer mahlte, er beugte sich nach vorne und raunte mir ins Ohr: „Dafür sollte ich dir den Hintern versohlen. Zweifelst du jetzt an mir?"

Meine Nippel wurden hart bei der Vorstellung, dass er mir noch einmal den Hintern versohlte. Ich schüttelte den Kopf.

„Das Land wird als Teil unseres Naturschutzprogramms an eine Naturschutzorganisation gespendet werden", informierte ich sie.

„Ich glaube ihr", sagte Jed.

Ich lächelte, Ich konnte einfach nicht anders. Jemand wünschte sich meinen Tod und dennoch könnte ich nicht glücklicher sein. Jed war auf meiner Seite und er hatte mir den besten Orgasmus meines Lebens geschenkt und –

„Dann denke ich, dass Sie mit dem falschen Gehirn denken, Agent."

Jed blinzelte und schaute auf sein Handy. „Wovon reden Sie?"

„North Wainright unterschrieb einen Vertrag, der das Land an Caston Logging verpachtet", sagte die Direktorin.

Ich atmete scharf ein. „Nein, das habe ich nicht getan."

Jeds Blick senkte sich auf meinen.

„Ihre Unterschrift ist auf dem Vertrag."

„Wie haben Sie den in die Finger gekriegt?", wollte Jed von seiner Chefin wissen.

„Wir haben eine richterliche Vorladung für die Aufzeichnungen des Holzfällerunternehmens. Seitdem sind wir die Dateien durchgegangen. War nicht sonderlich schwer zu finden."

Ich spürte, wie sich Jed versteifte. „Warum haben Sie mich nicht angerufen?"

„Das haben wir. Sie sind nicht ans Telefon gegangen."

Ich wusste nicht, wie viel Uhr war, aber er war gestern Abend ab dem Abendessen bis zur Dämmerung mit mir zusammen gewesen.

„Sie haben sich auch heute Morgen nicht gemeldet", fügte sie hinzu.

„Das lag daran, dass jemand versuchte, North zu töten. Schüsse wurden an einer Kreuzung auf der Straße nach Billings abgegeben."

Es entstand eine Pause und wir konnten hören, wie

sie mit jemandem redete, als würde sie den Hörer mit einer Hand zuhalten. "Es freut mich zu hören, dass es Ihnen gut geht, Miss Wainright."

"Warum? Damit ich ins Gefängnis gehen kann?"

"Wir haben den Beweis, der nötig ist, damit Jed Sie verhaften kann."

Er drückte abermals meinen Schenkel, damit ich ihm in die Augen sah. Er schüttelte den Kopf.

"Ich glaube dir", flüsterte ich ihm zu, womit ich meinte, dass ich wusste, dass er nichts davon geplant hatte. Ansonsten wäre ich bereits in seinem Gewahrsam und würde wissen, wie sich Handschellen außerhalb des Spiels anfühlten.

"Wann habe ich diesen Vertrag unterschrieben?", fragte ich. "Demzufolge, was mir Jed erzählt hat, würde die Verpachtung an das Holzfällerunternehmen nur eine Option werden, wenn das Land gekauft wurde. Da ich den Vertrag letzte Nacht unterschrieb, hätte ich es erst seitdem tun können."

"Das ist korrekt", bestätigte sie.

"Falls der Vertrag online unterschrieben wurde, dann ist es eine generische digitale Unterschrift. Und es gibt einen Zeitstempel", sagte ich, da ich mit dem Vorgang sehr vertraut war. Ich war mir sicher, sie ebenfalls.

"Neun Uhr vierunddreißig", antwortete sie, als würde sie es von ihrem Computer ablesen.

Mein Herz stotterte, setzte wirklich einen Schlag

aus und Adrenalin pumpte durch mich. Pure Erleichterung. Jed wusste, dass ich den Vertrag nicht unterschrieben hatte, weil ich zu diesem Zeitpunkt an sein Bett gefesselt gewesen war. Doch dann wurde mir etwas klar. Etwas Furchterregendes.

„Ich hätte den Vertrag nicht unterschreiben können." Ich wollte nicht sagen weswegen und spürte, dass meine Wangen erneut heiß wurden. Jed war mein Alibi und ich war mir nicht sicher, ob es ihm erlaubt war, mit der Verdächtigen zu schlafen.

„Sie war bei mir", sagte Jed, was er nicht weiter ausführte. Er zögerte nicht einmal, bevor er antwortete. Mein Herz pochte wie wild in meiner Brust. „Sie hätte den Vertrag nicht unterschreiben können."

„Sind Sie sich sicher?", hakte die Direktorin nach.

Seine Augen hielten meine. „*Sehr* sicher."

Ich leckte mir über die Lippen. „Das bedeutet, jemand anderes hat es getan. Und es war nicht Macon."

16

ED

„Wir suchen nach der falschen Person", sagte ich. Das Handy noch immer in der Hand haltend, hob ich North hoch und auf die Füße. Dann stand ich auf. Tigerte über die Veranda. „Scheiße, Amy, haben wir fälschlicherweise gegen Macon ermittelt? War es jemand anderes innerhalb der Firma?"

Sie gab einen witzigen Laut von sich. Etwas wie ein Grunzen, aber damenhafter. Ein Stöhnen, aber sie stand zu weit oben auf der Karriereleiter, um offen einen möglichen Fehler zuzugeben. Es war frustrierend und eine augenöffnende Erleuchtung.

Ich wandte mich an North und stemmte meine freie Hand in die Hüfte. Nachdem ich aus dem Bett gestiegen war, hatte ich außer meiner Jeans nichts angezogen, weil ich gedacht hatte, so wäre es einfacher, mich wieder auszuziehen und die zweite Runde einzuläuten.

„Du hast gesagt, dass du den Landvertrag gestern Abend unterschrieben hast. Wer wusste davon?", fragte ich North. Sie hatte nur mein T-Shirt angezogen. Ihre harten Nippel waren schwer zu übersehen, da sie sich gegen die Buchstaben auf der Vorderseite drängten. Sie hatte sich auf meinem Schoß gut angefühlt, aber es war verdammt ablenkend.

Sie lehnte sich gegen die Brüstung und die Hunde kamen auf die Veranda. Sie streichelte sie geistesabwesend, während sie zu mir sah. „Mein Assistent, Julian."

„Julian Zeman?", fragte die Direktorin.

Ich stellte mich vor North, damit die Direktorin sie hören konnte.

„Ja", bestätigte sie. „Ich unterschrieb den Vertrag und rief ihn an, um ihm mitzuteilen, dass es erledigt sei, und um sicherzustellen, dass die Bank das Geld überwies."

„Warum?", fragte meine Chefin.

Sie schaute zu mir hoch. In ihren blauen Augen schimmerten Zweifel und Entschlossenheit.

„Warum ich den Vertrag unterschrieb?", wiederholte sie.

„Ja."

Sie legte den Kopf auf die Seite. Ihre langen Haare waren zerzaust und ich mochte ihren Anblick. Derangiert. In meinem T-Shirt. Hier. Eine warme Brise wehte über die Veranda und sie strich sich eine Haarsträhne hinter das Ohr.

„Ich wusste nicht, dass Jed verdeckt ermittelte. Zu dem Zeitpunkt."

Ich nickte ihr zu, damit sie weitersprach.

„Ich war nicht... überzeugt von seinem Interesse an mir."

Sie hatte an mir gezweifelt. Sogar letzte Nacht. *Danach.*

Seitdem hatte sich so viel verändert. Hatte ihr mangelndes Vertrauen sie gezwungen, den Vertrag zu unterschreiben, der wiederum die Direktorin an ihre Schuld hatte glauben lassen? Sie hatte den Deal mit Marshall zum Abschluss gebracht, um Sicherheit darüber zu kriegen, dass ich nicht nur herumschnüffelte, um den Job für ihn zu erledigen, was meine ursprüngliche Absicht gewesen war. Warum hatte sie es mir nicht erzählt, als sie mich in ihr Bett mitgenommen hatte?

Scheiße, all diese Antworten. Ich hatte sie dazu getrieben, mir alles zu verraten, was Macon getan hatte. Hatte ihr sogar den Hintern versohlt. Es war mein Ziel gewesen, sie aus ihrem Kopf zu holen. Das hatte ich auch geschafft, aber eines der Ergebnisse war, dass ich in Bezug auf den Vertrag im Dunklen gehalten worden war, weil ich sie dazu gebracht hatte, ihn ganz zu vergessen.

„Interesse an Ihnen? Jed, sind Sie –"

„Sie wollten monatelang an Antworten von einem Wainright kommen", blaffte ich. „Sie haben einen am Telefon. Fokus, Direktorin."

„Wenn Sie wieder im Büro sind, werden wir uns unterhalten müssen", erwiderte sie mit autoritärer Stimme. Als würde mich das interessieren.

„Ich werde nicht ins Büro zurückkehren", informierte ich sie. „Ich habe heute Morgen meine Kündigung bei der Personalabteilung eingereicht."

North war nicht die Einzige, die Papiere unterschrieben hatte. Ihre Augen weiteten sich. Ja, ich hatte sie auch überrascht. Ich hatte die Ranch. Ich hatte diese Hütte. Ich hatte Jock und seine Familie, die ich besser kennenlernen musste. Ich hatte North.

„Jed, überlegen Sie sich das gut", mahnte die Direktorin.

Ich neigte Norths Kinn nach oben, damit sie den Blick nicht abwenden konnte. Mein Blick huschte zwischen ihren Augen und ihrem Mund hin und her.

„Das habe ich." Ich sprach zu meiner Chefin, aber musterte North. Das Blau ihrer Augen. Die Sommersprosse an der Seite ihrer Nase, die ich zuvor nicht gesehen hatte. „Machen Sie sich keine Sorgen, alle in dieser Gegend halten mich für einen gefallenen Agenten. Nichts, das Sie jetzt noch tun können, wird das schlimmer machen."

Sie schnaubte. Dann seufzte sie. „Fahren Sie fort, Miss Wainright."

North schluckte und dachte eine Sekunde nach, als hätte meine Ankündigung sie das Gespräch vergessen lassen. „Ich unterschrieb den Marshall Vertrag nach der Geschäftszeit. Vermutlich gegen halb neun."

„Wie lange ist er – Julian – schon ihr Assistent?", wollte sie wissen.

„Zwei Jahre."

„Er hat Zugriff auf all Ihre Dateien?"

„Ja. Er weiß mehr darüber, was ich mache als ich. Alle guten Assistenten sind so."

„Hatte er Zugang zu Macon?", fragte sie.

North dachte nach. „Natürlich. Ich nehme an, er sprach hauptsächlich mit Macons Assistentin, Janice. Macon hatte keine Zeit für jemanden, den er nicht für wichtig erachtete. Zur Hölle, diese Leute hat er nicht einmal *gesehen*. Denken Sie, Julian hat den Holzfällervertrag für mich unterschrieben?"

„Falls er nebenbei für Macon arbeitete, dann hätte er die Verträge für Sie unterschreiben können. Dinge, von denen Sie nicht wussten. Wie den Pachtvertrag."

„Ich hätte davon erfahren, wenn die Firma Land gekauft und es an Holzfäller verpachtet hätte. Es ist nicht so, als könnte das jemandem entgehen. Ich meine, selbst wenn ich keinen Wind davon bekommen hätte, hätte es die Buchhaltung bemerkt. Wir mögen ein Milliarden-Dollar-Unternehmen sein, aber es lässt sich schwer verbergen, wenn man Millionen für ein Grundstück bezahlt."

„Außer jemand in der Buchhaltung ist ebenfalls daran beteiligt", gab die Direktorin zu bedenken.

„Ich bat Julian um alle offenen Verträge von Macon und las sie mir gestern durch", fuhr North fort. „Dadurch habe ich von dem Deal mit Marshall erfahren. Nun, zuerst von dir", sagte sie und schaute zu mir, da sie auf meinen Besuch in ihrem Büro anspielte. „Er war auf dem Stapel. Dort befand sich jedoch nichts über einen Pachtvertrag an ein Holzfällerunternehmen."

„Dann hat Julian den absichtlich weggelassen", vermutete ich.

„Ich werde ins Büro gehen und ihn konfrontieren."

Norths Worte brachten mich zum Lachen. „Fuck nein. Jemand hat auf dich geschossen, während du auf der Straße unterwegs warst. Bis wir wissen, wer es auf dich abgesehen hat, bleibst du hier."

„Wo ist hier?", wollte die Direktorin wissen.

„Ein sicherer Ort", entgegnete ich und verriet ihr nicht mehr. Ich telefonierte mit einem Wegwerfhandy, das nicht einmal sie nachverfolgen konnte.

„Jed, ich möchte, dass das erledigt wird", wandte North ein und legte ihre Hand auf meine Brust. Meine nackte Brust. Was bedeutete, dass mein Schwanz hart wurde, weil ich ihre Berührung fühlte. „Falls dieses Zeug, und ich meine die Verträge, nicht die Schüsse, weiterhin passiert, dann ist Macon nicht wirklich fort. Ich will, dass er und sein Scheiß für immer aus meinem Leben verschwinden. Das hast du mir beigebracht."

„Ich habe dich hierhergebracht, um dich zu beschützen, und du willst, dass ich umdrehe und dich in Gefahr bringe?"

Sie zuckte leicht mit den Achseln. „Ich will auch nicht, dass noch einmal auf mich geschossen wird. Ich mag zwar stur sein, aber ich bin nicht dumm. Wenn Julian hinter alldem steckt, will ich das wissen."

Ich war einer Meinung mit ihr, aber es gefiel mir nicht.

„Ich werde Julian konfrontieren –"

„*Wir*", warf ich ein. „Wir werden ihn konfrontieren. Du machst das nicht allein." Auf keinen verdammten Fall.

Sie schenkte mir ein kleines Lächeln. „Wir werden ihn konfrontieren und wenn sich herausstellt, dass wir uns irren oder er nicht in die Schießerei involviert war, werden wir hierher zurückkommen."

Ein Eichhörnchen rannte über die Verandabrüstung. Boozer regte sich, sprang auf und jagte ihm hinterher. Eddie bewegte sich nicht einmal.

„Na schön, aber in deinem Bürogebäude sind

hunderte Leute. Dort kann ich dich nicht beschützen."
Ich drehte durch, wenn ich nur daran dachte.

„Dann eben an einem abgelegenen Ort. Das hier ist Montana", entgegnete sie.

„Ich werde dich nicht durch die Gegend fahren lassen, während dort draußen ein Irrer mit einem Gewehr rumrennt."

Sie lächelte mich an, ging auf die Zehenspitzen und küsste meinen Kiefer. „Dann ist es ja gut, dass ich einen Helikopter habe."

17

North

Es dauerte eine Weile, weil Jed stur wie ein Esel war. Es fühlte sich gut an, jemanden an meiner Seite zu haben, der mich so erbittert beschützen wollte, aber er übertrieb das Alphamännchen-Gehabe. Dann fiel mir wieder ein, wie die Windschutzscheibe meines SUVs wegen der Kugel zersplittert war und wie ich mich bei dem Gedanken gefühlt hatte, ich müsste sterben, und ich gab nach. Schließlich fiel uns ein Plan ein, bei dem ich Julian konfrontieren könnte und Jed keinen Herzinfarkt bekommen würde.

Vielleicht war es gar nicht Julian. Jemand anderes hätte auf elektronische Weise einen Vertrag für mich unterschreiben können. Zur Hölle, es gab eine ganze Abteilung, die sich nur mit Verträgen beschäftigte. Sie erstellten sie, was bedeutete, dass sie sie auch unterschreiben konnten.

Niemand konnte damit durchkommen, Unterschriften auf bekannten Verträgen zu fälschen. Sie würden dafür gefeuert werden. Doch der Vertrag mit dem Holzfällerunternehmen schien nicht in den Büchern aufzutauchen. Julian hatte mir die Papiere nicht einmal vorgelegt, was eines von zwei Dingen bedeuten konnte. Er wusste nichts davon und deswegen hatte er ihn nicht zu dem Stapel gelegt, den er mir gegeben hatte, oder er wusste davon und hatte ihn mir deswegen vorenthalten.

Das erklärte allerdings nicht den Schützen oder warum sich jemand meinen Tod wünschte. Ich konnte keinen Holzfällereivertrag unterzeichnen, wenn ich nicht mehr atmete. Während unseres Gesprächs mit der FBI-Direktorin konnten wir uns nicht einmal entscheiden, ob die zwei Probleme miteinander in Verbindung standen.

Ich wusste nur, dass ich meinen Namen reinwaschen musste, damit mich das FBI in Ruhe ließ und ich Macon ein für alle Mal begraben konnte. Ich hatte gedacht, er wäre für immer aus meinem Leben verschwunden, als ich eine Handvoll Erde auf seinen Sarg hatte fallen lassen. Ich würde nicht den Kopf für das hinhalten, was auch immer er getrieben hatte.

Im Gegensatz zu Jed war die Direktorin leicht zu überzeugen gewesen. Sie wollte ihren Fall um jeden Preis abschließen. Ich war nur eine Person von besonderem Interesse für sie. Mehr nicht. Ich ging zwar davon aus, dass sie mich nicht tot sehen wollte, aber sie setzte für die Risiken für meine Gesundheit und Sicherheit andere Parameter als Jed.

Erst als er der Meinung gewesen war, der Plan wäre solide – und er könnte die Kontrolle über die Situation behalten – hatte er nachgegeben. Mit Verstärkung. Meinen Brüdern.

Was auch immer er mit South besprochen hatte, hatte ihn umgestimmt. Er vertraute ihnen. Nachdem wir das Gespräch mit der Direktorin beendet hatten, brachten wir den Plan ins Rollen, indem wir uns zuerst noch einmal mit South in Verbindung setzten und ihn, East und West in den Plan einweihten. Ich würde Julian am nächsten Tag auf die Ranch bestellen. Ich war zwar ein Workaholic, aber selbst ich würde mir einen Tag freinehmen, nachdem jemand versucht hatte, mich umzubringen.

Also gab es nichts anderes zu tun, als dass Jed mir sein T-Shirt auszog und mich wieder ins Bett brachte. Zudem aßen wir Lasagne, die er aus der Gefriertruhe geholt hatte. Wir warfen den Hunden Stöckchen. Er brachte mich zum Kommen – ohne, dass ich selbst nachhalf – bis ich in seinen Armen einschlief.

Ich vertraute Jed. Es wirkte lächerlich, aber für

mich war der wahre Beweis dafür, dass ich mich ihm hingeben konnte. Dass ich komplett loslassen konnte. Denn ich wusste, dass er mich fangen würde, wenn ich fiel. Er brachte mich zum Orgasmus.

Genau so, wie er es geplant hatte, seit er mich auf der Totenwache erblickt hatte.

Am nächsten Morgen landete Paul den Helikopter auf der Wiese vor der Hütte, dessen Rotorblätter die Spitzen der Kiefern durch die Luft peitschen ließen und einige der Wildblumen aufwirbelten. Jedes bisschen Spannung, das Jed während unseres Tages der Isolation und des Sex verloren hatte, war zurück. Ich trug mein Kleid und High Heels vom Vortag, zumindest bis wir auf der Ranch waren und ich mich umziehen konnte. Jed hatte mein Höschen an sich genommen und gab es einfach nicht mehr zurück, sodass ich ohne Unterwäsche auskommen musste.

Er hatte eine Pistole hinten in seine Jeans gesteckt.

Jetzt, da ich all seine Wahrheiten kannte, ergab so viel mehr Sinn. Seine ständige Wachsamkeit. Sein Bedürfnis nach Kontrolle. Sein Beschützerinstinkt. Wäre es nach ihm gegangen, wäre ich ein weiteres Mal ans Bett gefesselt worden. In Sicherheit.

Ich liebte es, mit Jed im Bett zu sein, aber ich wollte ihn kennenlernen. Ich wollte wissen, ob er lieber Erdnussbutter mit Stückchen oder ohne wollte. Zur Hölle, ob er gegen das Zeug allergisch war. Ich wusste, dass er mein Mann war. Obwohl wir erst wenige Tage miteinander verbracht hatten, wusste ich, dass er der Richtige für mich war. Ich wollte mit ihm ohne irgendwelche Geheimnisse zusammen sein. Ohne dass die Vergangenheit wie eine bedrohliche Wolke über uns hing. Ich wollte nur in die Zukunft schauen. Mit ihm. Wie auch immer diese aussehen würde.

Hätte mir jemand vor einer Woche erzählt, dass mein Leben so sein würde, hätte ich gelacht. Auf keinen Fall würde ich einem Mann vertrauen. Geschweige denn, einen die Dinge tun lassen, die Jed tat. Niemals würde ich mir von einem Mann sagen lassen, was ich zu tun hatte. Nein, ich hätte nicht nur deswegen gelacht, sondern auch weil es mich antörnte.

Und natürlich hätte ich mir niemals vorgestellt, dass Macon tot sein würde. Vielleicht war das die eine Sache, die Macon für mich getan hatte, die gut war.

Sterben.

East sprang aus dem Helikopter, bückte sich, um sich unter den niedrigen Rotorblättern hinweg zu ducken, und kam zu uns. Jed warf ihm seine Schlüssel zu, da East Jeds Truck mit den Hunden zurück zur Ranch fahren würde.

Bei einer Sache waren sich alle einig gewesen: Ich durfte nirgendwo in einem Auto hinfahren.

Niemand konnte einem Helikopter von hier aus in einem Fahrzeug folgen, nicht in diesem Gelände. Da der Helikopter wegen des Wetters gestern Morgen nicht beim Haus gestanden hatte, würde auch niemand, der vielleicht die Ranch beobachtete, wissen, dass er benutzt wurde. Kein Schütze würde wissen, wo er sitzen und uns auflauern musste.

Wegen des Lärms der Rotorblätter redeten wir nicht miteinander. East umarmte mich innig, dann schob er mich zu Jed und dem Helikopter.

Es dauerte weniger als eine Stunde, bis wir zurück auf der Ranch waren. Ich war sicher im Haus und hielt mich von den Fenstern fern.

South und West warteten. Bevor ich nach oben zum Umziehen ging, rief ich Julian an. Meine Brüder und Jed standen vor mir und hörten zu. Sie waren in Alarmbereitschaft, als könnte Julian mir durch das Telefon Schaden zufügen.

Wie üblich hob er beim ersten Klingeln ab.

„Ich habe mir solche Sorgen gemacht. Alle im Gebäude haben darüber gesprochen, was passiert ist", sagte er.

„Mir geht's gut", erwiderte ich und sah zu Jed auf. Wir waren in der Küche und er packte die Kante des Granits. Ich würde Julian gegenüber nicht erwähnen, dass ich Angst gehabt hatte. Ich besprach mit meinem Assistenten nie etwas anders als Geschäftliches. „Schau, ich komme offensichtlich nicht ins Büro."

„Richtig."

„Ich brauche Macons Akten, die du für mich besorgt hast. Sie liegen auf meinem Schreibtisch. Plus alles andere, das reingekommen ist, was sicherlich viel ist." Abgesehen von den wenigen Tagen nach Macons Tod nahm ich mir nie einen Tag frei. Ich war im Rückstand.

„Es wartet alles auf Sie. Ich habe Ihre Termine verlegt." Genau wie ich es erwartet hatte. Er wusste stets im Voraus, was ich brauchte, weswegen er ein großartiger Assistent war.

„Persönliche Treffen werden per Videoanruf geführt werden müssen", sagte ich. „Zumindest während der nächsten Tage, bis die Polizei ermittelt hat."

Ich hatte keine Ahnung, was mit der Polizei los war. Ich war nicht befragt worden. Ich war mir sicher, South hatte ihnen einen vollständigen Bericht gegeben und sie arbeiteten daran. Aber falls Julian wirklich involviert war –

„Erledigt", sagte er effizient wie üblich.

„Ich kann den Papierkram allerdings nicht per Video sichten", fügte ich hinzu. „Bring bitte alles her."

Ich war meinen Angestellten gegenüber zwar nicht aggressiv, aber ich würde Julian niemals *bitten*, zur Ranch zu kommen. Ich sagte ihm, was er tun sollte, auf höfliche Weise, und er tat es.

„Bin in zwei Stunden da."

„Danke, Julian. Ich weiß nicht, was ich ohne dich tun würde." Das wusste ich tatsächlich nicht. Er war sehr gut in seinem Job. Ich wusste nicht, ob das bedeutete, dass er seine Verbrechen vor mir verbarg, oder ob er einfach nur wie üblich seinem Tagewerk nachging.

Ich legte auf, lief schnurstracks zu Jed und schlang meine Arme um ihn. Ich liebte es, dass ich jetzt Trost bei ihm suchen konnte.

„Falls er schuldig ist, werden wir es wissen", sagte Jed und küsste mich auf den Kopf.

Ich schaute zu South und West, die nickten und die Arme vor ihren breiten Oberkörpern verschränkten.

Zum ersten Mal wurde mir bewusst, dass ich nicht allein war.

18

 ED

Ich arbeitete seit fast zwanzig Jahren für das FBI. Ich hatte alles gesehen. Hatte den Stress ausgehalten. Mich mit der Gefahr abgefunden. War angeschossen worden. Ich hatte das alles getan, ohne auch nur ins Schwitzen zu geraten.

Aber North am Vortag meinen Namen in dieser verängstigten Stimme durch das Telefon sagen zu hören, hatte mir Jahre meines Lebens geraubt.

Zum ersten Mal überhaupt hatte ich für jemanden Verantwortung übernommen und eine Schwachstelle. Ich liebte jemanden so sehr, dass ich vollkommen durchdrehen würde, wenn sie verletzt oder bedroht werden würde.

Ich hatte meine Eltern geliebt. Ich kam meinem Bruder und seiner Familie wieder näher. Ich würde nicht zulassen, dass ihnen ein Leid geschah.

Doch North Wainright... sie war meine Achillesferse. Mein Herz. Ein Teil von mir. Deswegen hatte ich beim FBI gekündigt. Ich konnte nicht getrennt von ihr sein. Das Bedürfnis, sie zu beschützen, war zu groß. Es wäre unmöglich, jetzt auf eine Mission zu gehen. Ich würde mich erst noch damit arrangieren müssen, sie aus den Augen, geschweige denn allein in diesem Haus zu lassen. Sie war verdammt unabhängig und sie zu erdrücken, würde nicht funktionieren. Oder sie an mein Bett zu fesseln. Obwohl ich mich an die Vorteile eines solchen Vorgehens erinnerte. Vorteile, die sie sehr genossen hatte.

Sie in den gleichen Raum zu bringen wie einen Mann, der *möglicherweise* einen versuchten Mord begangen hatte und anderer Dinge beschuldigt wurde, ließ mich in Panik ausbrechen. Ich bemühte mich, nicht durchzudrehen. Als South und West in meine Richtung schauten, verstanden sie meine Lage.

Sie hatten North unterschätzt und wozu sie fähig war. Was sie für sie getan hatte. Jetzt würden sie das nicht mehr tun. Genauso wenig wie ich. Wir hatten an dem Plan gearbeitet und sichergestellt, dass sie beschützt war.

Als Julian vorfuhr, kam ihm South an der Tür entgegen und wies ihn zu uns in Macons Büro mit all den verdammten Tierköpfen an den Wänden. Wo das alles angefangen hatte.

Ich war Julian neulich kurz in Norths Büro begegnet. Ich schätzte ihn auf fünfundzwanzig Jahre und etwas unter eins achtzig. Falls er trainierte, dann nur indem er einen Föhn hochhob. Er trug Anzughosen, ein blütenweises Button-up-Hemd und eine Krawatte. Wie North, wenn sie für die Arbeit gekleidet war, würde er besser in eine Großstadt als nach Montana passen. Er hatte mehr Pflegeprodukte in seinen Haaren als die meisten Frauen und ich würde darauf wetten, dass seine Nägel maniküft waren. Ich hatte keinen guten Schwulenradar, aber es war ziemlich offensichtlich, dass er für das andere Team spielte. Die eine Sache, die er nicht tat, war, North zu begehren.

Seine Schritte stockten, als er mich sah, aber da North seine Chefin war, konnte er sich nicht so leicht aus der Ruhe bringen lassen. Eddie folgte ihm und ließ sich vor meinen Füßen auf den Boden plumpsen.

North erhob sich hinter ihrem Schreibtisch. Der harten Oberfläche, auf der ich sie weit gespreizt und geleckt hatte. Mein Schwanz wurde bei dieser Erinnerung hart, was unangenehm war.

North war in einer Jeans und einem schwarzen T-Shirt mit V-Ausschnitt leger gekleidet. Sie hatte sich geduscht, ihre Haare zu einem niedrigen Pferdeschwanz gebunden und das Makeup weggelassen. Ich mochte sie so, doch ab jetzt würde sie meine FBI-T-Shirts im Haus tragen.

Leichter Zugriff.

Er legte den Papierstapel, den er mitgebracht hatte, auf den Schreibtisch zwischen ihnen, und behielt eine Lederaktenmappe in der Hand

„Danke", sagte sie und schenkte ihm ein kleines Lächeln. „Setz dich. Ich bin mir sicher, du hast eine Liste dabei."

Er ließ sich auf dem Ledersessel neben meinem nieder und schaute zu mir. Eddie, der bereits schnarchte, ignorierte er.

„Oh, du erinnerst dich an Jed Barnett. Er arbeitet für John Marshall. Er ist vorbeigekommen, um mir dafür zu danken, dass ich den Landkauf genehmigt habe. Das Geld wurde überwiesen", fügte sie hinzu. „Danke, dass du dich darum gekümmert hast."

„Selbstverständlich", sagte Julian.

„Jed hat sich gefragt, was mit dem Pachtvertrag für das Holzfällerunternehmen ist." North schaute ihn mit offenem Gesichtsausdruck an. Erwartungsvoll.

Julian war eine coole Socke. Er hielt nur eine Sekunde inne, wenn überhaupt. „Welcher Pachtvertrag?"

North gab sich gelassen, zuckte mit ihren schmalen Schultern und schaute zu mir. „Jed kann das besser erklären, da ich bis vor wenigen Minuten nichts davon wusste."

Julian richtete seine Aufmerksamkeit auf mich.

„Caston Logging", sagte ich. „Macon hat mir von diesem Arrangement erzählt, bevor er starb."

Eine – definitiv gewaxte – Augenbraue hob sich auf Julians Stirn. „Er hat mit Ihnen darüber gesprochen?"

Ich nickte. Julian wusste zweifelsohne, wie zwielichtig Marshall war. Da er glaubte, ich arbeitete für ihn, war ich es demzufolge auch.

Ich platzierte meine Unterarme auf den Armlehnen des Ledersessels. Legte meinen Knöchel über mein Knie. Versuchte, mich lässig zu geben, anstatt ihm eine Knarre an den Kopf zu halten, um ihn zum Reden zu bringen. Kein Richter würde ein erzwungenes Geständnis akzeptieren. Ich konnte nicht zulassen, dass er wegen etwas, das ich getan hatte, frei herumlief. „Er wurde ins Rollen gebracht, jetzt da sie den Landkauf abgeschlossen hat."

Julians Augen huschten zwischen uns hin und her.

„Du weißt, dass wir ein... ein Paar sind", sagte North. Ihr Erröten war kein Theater. „Ich meine, du musst uns auf der Totenwache gehört haben.

Julian klappte die Mappe auf und holte einen makellosen Notizblock aus deren Innerem. „Es steht mir nicht zu, das zu kommentieren."

„Und deswegen bist du auch so gut in deinem Job. Wegen deiner Diskretion", lobte sie.

Darüber freute er sich. Ich war nicht glücklich, dass er gehört hatte, wie ich North zum Kommen gebracht hatte, obwohl mir zum damaligen Zeitpunkt vollkommen egal gewesen war, wer etwas gehört hatte. Es waren zwar keine Gäste mehr im Haus gewesen, aber es waren Caterer in der Küche gewesen und andere Leute, die auf der Totenwache gearbeitet hatten. Ich ging davon aus, dass sogar ein Bestattungsunternehmer anwesend gewesen war, weil ein Sarg im Foyer gestanden hatte. Julian hatte sich während des Events offensichtlich auch irgendwo in dem riesigen Haus aufgehalten.

„Wir sind seit über einem Monat zusammen", erklärte ihm North.

Julian runzelte die Stirn, als wäre ihm nie in den Sinn gekommen, dass ihm so etwas entgehen könnte.

„Ich habe meine laufenden Termine mit der... Agentur behalten, aber mich stattdessen mit Jed getroffen."

Der beschissene Escort. Da ging mein Ständer dahin, denn es war tatsächlich ein *verdammter Escort* gewesen, mit dem sie sich lange Zeit getroffen hatte.

Vor mir. Das Arschloch mochte ein Bedürfnis erfüllt haben, aber er hatte ihren Durst nie gestillt oder sie ganz gemacht.

North wedelte mit der Hand. „Wir haben viel zu besprechen, also werde ich fokussiert bleiben. Jed hat mir von dem Holzfällerdeal erzählt. Ich habe so lange, wie ich konnte, damit gewartet, Marshalls Vertrag zu unterschreiben." Sie beugte sich nach vorne und legte ihre Unterarme auf den Schreibtisch. „Man konnte nicht von mir erwarten, dass ich ihn gleich nach der Beerdigung unterschreibe. Ich musste den Mann zappeln lassen. Ihm zeigen, dass Macon zwar tot war, aber dennoch eine Wainright die Macht in der Hand hält."

„Klug", meinte Julian.

„Nun, der Pachtvertrag. Ich habe die Papiere dafür nicht unter den Formularen gefunden, die du mir gestern gebracht hast. Ist er in diesem Stapel?", fragte sie, wobei sie Julian nicht ansah, während sie den Stapel über den Schreibtisch zu sich zog.

Das war der Moment. Der Beweis seiner Mittäterschaft. Oder nicht.

„Er ist nicht dort drin", gestand er. „Ich habe ihn gestern für Sie unterschrieben."

Sie sah zu ihm auf und täuschte Überraschung vor. „Oh?"

Er wand sich. „Ich habe nicht... wir wollten nicht. Ich meine, Macon wollte nicht, dass Sie davon Bescheid wissen."

North zuckte leicht mit den Schultern. „Keine Überraschung. Er ist tot. Ich weiß es jetzt. Die Frage ist, woher *du* davon weißt?"

„Nun, Macon."

„Ich dachte, du wärst mein Assistent. Oder hast du für ihn gearbeitet?" Sie legte den Kopf schief.

Er zuckte mit den Achseln, aber schaute auf seinen Schoß. „Wie Sie schon sagten, ist er tot. Ich arbeite für Sie."

„Warum hast du dann jemanden angeheuert, damit er auf North schießt?", fragte ich.

Sonst würden wir hier den ganzen Tag festsitzen. North kam mit einem Raum voller Anzugträger zurecht. Sie konnte Millionen-Dollar-Verträge aushandeln, aber sie hatte keinen blassen Schimmer, wie man einen Zeugen befragte.

Ich erhob mich und lehnte mich an den Schreibtisch. North befand sich hinter mir, aber ich blockierte ihre Sicht auf Julian nicht vollständig. Während ich die Arme vor meiner Brust verschränkte, beobachtete ich jede seiner Bewegungen.

Eddie wachte auf. Er hob den Kopf und sah zu mir hoch.

„Ich weiß nicht, wovon Sie sprechen", sagte Julian.

„Du magst Norths Assistent gewesen sein, aber was hast du noch für Macon gemacht? Wie viele andere Deals hast du vor ihr geheim gehalten?"

Sein Adamsapfel hüpfte, während er schwer schluckte.

„Weiß Janice, was vor sich geht?", fragte North.

Er lachte. „Janice? Sie könnte einen Eimer nicht

ausleeren, wenn die Anleitung dazu auf der Unterseite stünde."

„Macon hat keine Idioten eingestellt." Ich dachte einen Augenblick nach. „Oder vielleicht hat er es getan. Sie saß am Empfang, oder? Eine Frau am Schreibtisch, die Telefongespräche annahm und Kaffee holte."

Während er seine Krawatte mit den manikürten Fingern geraderückte, wurde mir alles klar.

„Du warst in ihn verliebt", riet ich, aber sprach es als Tatsache aus.

Hinter mir sprang North auf die Füße. „Was?"

Julian erhob sich ebenfalls und war plötzlich sehr, sehr nervös.

„Was hat Macon dir versprochen?", fragte ich.

„Ich weiß nicht, wovon Sie reden", fauchte er.

„North, wer hat dir erzählt, dass Macon mit seiner Geliebten zusammen war, als er starb?", fragte ich, aber drehte mich nicht zu ihr um.

„Die Polizei", antwortete sie.

„Er war bei dir, nicht wahr, Julian? Er starb, während ihr zusammen im Bett wart. Du hast jemanden angerufen... ah, du hast die Escort-Agentur angerufen, die North benutzte, und ließt eine Frau kommen. Du bezahltest sie, damit sie die Polizei anrief und so tat, als wäre er beim Sex mit ihr und nicht mit dir gestorben."

North holte scharf Luft, zählte jedoch offensichtlich eins und eins zusammen.

„Macon Wainright stand nicht auf Frauen, oder?", bohrte ich weiter. „Er hatte Sex mit dir. Erzählte dir Dinge. Ließ dich in dem Glauben, dass du ihm etwas bedeutest, obwohl du nichts anderes als eine Schachfigur warst."

Demzufolge, was North mir erzählt hatte, war das plausibel. Sie war nicht die Einzige, die er benutzt hatte.

„Ich war keine Schachfigur!", sagte Julian, dessen Augen sich vor Wut verengt hatten. „Er liebte mich. Ich tat Dinge für ihn. Sorgte dafür, dass Verträge unterschrieben wurden. Erledigte Sachen, ohne dass es die Eisprinzessin mitkriegte. Ich sagte ihm, dass ich es tun könnte, und ich bewies es."

Fick. Mich. Ich hatte recht gehabt.

Eddie setzte sich auf und lehnte sich an mein Bein.

„Warum hast du versucht, mich umbringen zu lassen?", wollte North wissen. Ihre Stimme war nicht scharf oder wütend. Sie war traurig. Sie erkannte, wie Julian benutzt worden war. Der Unterschied zwischen North und Julian bestand darin, dass sie Macon nie nachgegeben hatte. Dass sie seine Lügen nie geglaubt hatte. Sie hatte ihm die Stirn geboten.

Julian war nicht so stark gewesen.

„Caston hat mich bezahlt, damit ich mich darum

kümmere. Sie müssen verstehen, dass ich jedermanns Probleme löse."

„Der Besitzer des Holzfällerunternehmens bezahlte dich dafür, North zu töten und den Vertrag für sie zu unterschreiben."

Ich hatte seine Schuld klar umrissen und laut ausgesprochen.

Er nickte. „Ja."

„Sie ist nicht gestorben", sagte ich. Ich wollte ihn packen und ihm den Kopf abreißen, aber ich brauchte sein vollständiges Geständnis.

Julian ließ seinen Blick zu North schweifen. „Ich weiß."

Dann zog er eine Pistole unter seiner Mappe hervor. Ich wusste, dass er irgendeine Waffe bei sich haben musste, damit er den Auftrag zu Ende bringen konnte, der verpfuscht worden war. *Falls* er involviert gewesen war.

Das war er. Er war der Mittelpunkt des Ganzen. Der Organisator. Er war der Kerl, der auf den größten Lügner von allen reingefallen war.

Mein Blut wurde bei dem Anblick kalt. Dieser Moment war der Grund dafür, dass ich so beharrlich darauf bestanden hatte, dass North ans Bett gefesselt blieb.

Ich schob mich vor North und schirmte sie ab. Der Raum war groß, aber die Stühle standen dicht vor dem Schreibtisch. Ich wäre ohne Weiteres in der Lage, meine Hand auszustrecken und die Waffe zur Seite zu schubsen, doch so weit kam ich nicht, bevor Eddie knurrte, sprang und in Julians Bein biss. Er heulte vor Schmerz auf und die Pistole schwang zur Seite. Er schoss und blies ein Loch in die Wand.

South, West und East stürmten mit gezückten Waffen in das Zimmer.

„Eddie, aus!", brüllte North und der Hund ließ los.

Ich rang Julian zu Boden und nahm die Pistole an mich. Anschließend kniete ich mich auf seinen Rücken und riss seine Handgelenke nach hinten. Ich zog die Handschellen aus meiner hinteren Hosentasche und legte sie ihm an, während ich meinen Kopf senkte und unter den Schreibtisch spähte. Dort war North, die mit großen Augen zuschaute.

Eddie robbte mit wedelndem Schwanz zu mir und leckte mir den Hals.

Ich lachte über Eddies überraschende Energie und Zuneigungsbekundung, während ich ihr zuzwinkerte.

South zerrte Julian auf die Füße.

„Er hasste dich!", schrie Julian, dessen kühle Fassade Risse bekam. „Euch alle."

Die örtliche Polizei hatte draußen gewartet – der Polizeiwagen hatte in einer Garage außer Sicht gestanden – für den Fall, dass wir sie brauchten. Nun stürmten sie durch die Tür, da sie den Schuss gehört haben mussten. Zwei Uniformierte standen in der geöffneten Tür. Sie wussten, dass ich beim FBI und was Sache war und warteten auf Anweisungen von mir.

Ich ging um den Schreibtisch, während North aufstand, und nahm sie in meine Arme.

„Ja, Scheißkerl. Das wussten wir bereits", sagte South. Sein Kiefer war zusammengepresst und ich hatte ihn noch nie so wütend gesehen. Ich machte ihm keinen Vorwurf.

„Ihr wisst nicht warum. Warum er euch alle hasste", spuckte Julian aus. Seine gepflegten Haare waren zerzaust und Locken fielen in alle Richtungen. Sein Gesicht war rot, seine Augen zusammengekniffen und voller Wut.

„Weil wir nicht seine Kinder sind", antwortete North, die ihre Wange an meine Brust drückte.

19

ORTH

Die Polizei führte Julian ab. Das FBI verhaftete den Kopf von Caston Logging. Jeds Chefin war über alles aufs Laufende gebracht worden. Ich wurde offiziell von allen Anschuldigungen freigesprochen.

Jed war offiziell arbeitslos.

Ihn schien das nicht zu stören.

Schließlich saßen wir alle auf der Terrasse, von der aus man den Pool sehen konnte. Sie durfte nicht mit der Terrasse am Esszimmer oder der Terrasse verwechselt werden, die vom Wohnzimmer abging. South, East und West fläzten in gemütlichen schmiedeeisernen Stühlen mit dicken Kissen. Easts Füße ruhten auf einem niedrigen Kaffeetisch. South hatte ein Bier in der Hand. West hatte die Reste der Hähnchen Enchiladas aufgewärmt und wir fielen über diese her, wie wir es neulich abends hätten tun sollen.

Ich saß auf einem Liegesessel, wo ich an Jeds Brust lehnte. Sein Stetson lag auf dem kleinen Tisch neben uns. Die Sonne war hinter das Haus gesunken und es wehte eine sanfte Brise. Alles war ruhig und ausnahmsweise einmal in meinem Leben... friedlich.

Jed hatte nicht aufgehört, mich zu berühren, seit Julian seine Pistole rausgezogen hatte, und ich war damit einverstanden. Anscheinend wollte ich den Kontakt genauso sehr wie er. Ich brauchte ihn.

Eddie und Boozer schliefen zu unseren Füßen. Eddie schnarchte und wenn der Geruch, der mir in die Nase gestiegen war, stimmte, hatte Boozer gepupst. Eddies kleiner Anfall von Wildheit hatte uns alle überrascht und wir hatten ihm eine Weile zusätzliche Leckerli gefüttert.

„Ich kann es noch immer nicht fassen", sagte West und starrte hinaus auf die Millionen – nein *Milliarden* – Dollar Aussicht. Ich wusste nicht, ob er sie überhaupt sah oder alles in seinem Kopf verarbeitete.

„Macon war schwul", sagte South, als wäre die einzige Möglichkeit, das zu verarbeiten, es in Worte zu fassen. „Das hätte ich nie erwartet."

„Wir sind nicht seine Kinder", fügte East hinzu.

„Ich hatte gehofft, dass das stimmt, als ich noch kleiner war, aber fuck... es war wahr."

„Wir werden uns Gewissheit besorgen", sagte ich. Wir mussten es auf die ein oder andere Art in Erfahrung bringen. „Wir werden einen DNA-Test machen. Scheiße, ich ließ Mrs. Sanchez all seine Sachen entsorgen." Ich reckte mein Kinn und schaute zu Jed, da ich leicht in Panik geriet. Würde mein Bedürfnis, Macon loszuwerden, uns alle daran hindern, die Wahrheit herauszufinden?

„In einem seiner Autos muss seine DNA sein", meinte Jed und ich entspannte mich.

„Er war ein Schlamper. Die Reinigungskräfte putzten im Haus hinter ihm her, aber er ließ niemanden an seine Autos ran. Du hast recht. Dort müssen Zigarettenstummel und diese dämlichen Mintzahnstocher sein, die er immer benutzt hat."

West schnaubte, was ich als Zeichen dafür auffasste, dass er wusste, wovon ich sprach.

„Du denkst, dass er uns deswegen so sehr gehasst hat? Weil wir nicht seine Kinder waren?", fragte East. „Ich meine, es erklärt, warum ein Vater planen konnte, das Bein seines Kindes brechen zu lassen. Da ich nicht sein Kind war und das alles. Fuck, er hasste uns."

Es ergab Sinn. Macons Hass hatte tief gereicht. Ich hatte nie verstanden, warum er nie eines seiner Kinder gemocht hatte. Warum wir eine solche... Bürde für ihn gewesen waren. Jetzt machte das alles Sinn. Wir waren

Erinnerungen an die Untreue seiner Frau, auch wenn ich nicht daran zweifelte, dass er im Gegenzug ebenfalls untreu gewesen war. Ich fragte mich, ob unsere Mutter als Tarnung für seinen alternativen Lebensstil gedient hatte. So viele Fragen.

„Wer ist dann unser Vater?", wollte South wissen, als spüre er genau, was ich auch wissen wollte.

„Oder Väter", meinte West. „Es ist ja nicht so, als würden wir uns ähnlich sehen. East und ich haben offensichtlich den gleichen. Klar. Ich sage nicht, dass Mom eine Schlampe war oder so etwas, aber sie musste wissen, wer der Dad war."

Ich war fünf Jahre alt gewesen, als sie gestorben war. Ich erinnerte mich kaum noch an sie und ich wusste, dass East und West keinerlei Erinnerungen an sie hatten.

„Ich würde gerne denken, dass sie bei jemandem Liebe fand", sagte ich beinahe wehmütig. Jetzt, da ich Jed kennengelernt hatte, wusste ich, wie es sich anfühlte, gewollt zu werden und im Gegenzug zu wollen, weshalb ich hoffte, dass sie das auch gehabt hatte.

Jed küsste meinen Scheitel. „Möchtest du von hier verschwinden?"

Ich veränderte meine Position und sah zu ihm auf. Seine dunklen Augen, die alles sahen, schauten zwischen meine und sanken zu meinem Mund.

„Ja." Ich wollte am liebsten mit Jed allein sein. Wir

hatten vorerst keine Antworten. Meine Brüder würden hier sitzen und grübeln. Vielleicht auf ein paar Sachen schießen.

Er half mir auf die Füße und ich schaute zu South, West und East. „Wir werden uns ein Weilchen verziehen."

South stand auf. Nickte. „Gut. Die Arbeit kann ein oder zwei Wochen warten."

„Ein oder zwei Wochen? Ich meinte heute Nacht", entgegnete ich.

Er schüttelte den Kopf. „Nein. Geht. Wir wollen dich mindestens eine Woche lang nicht mehr sehen." Er hielt eine Hand hoch. „Bevor du irgendetwas über die Arbeit sagst, die Firma wird nicht untergehen."

Jed legte einen Arm um meine Taille und küsste mich auf den Scheitel. „Eine Woche."

Eine Sekunde lang wollte ich aus Gewohnheit protestieren. Aber eigentlich wollte ich das gar nicht. Eine Woche allein mit Jed? Ja, bitte.

South reichte Jed seine Hand. Schüttelte sie. „Pass auf unsere Schwester auf."

„Du weißt, dass ich das tun werde."

Ich winkte East und West, die lächelten. Sie mochten Jed. Sie mochten mich mit Jed.

Die Dinge hatten sich verändert. Wir waren jetzt anders. Geheimnisse waren enthüllt worden. Die Vergangenheit konnte uns nicht mehr wehtun. Wir waren stärker. Ein Team.

Jed führte mich nach drinnen. „Wohin möchtest du gehen?", fragte er, während wir das Wohnzimmer durchquerten.

Ich zögerte keinen Augenblick mit meiner Antwort. „Definitiv deine Hütte."

Ich liebte es dort.

„Ich bin egoistisch. Ich will dich ganz allein für mich", gestand ich, ruckte an seiner Hand, damit er stoppte, und legte meine in seinen Nacken.

Seine Augen funkelten und er küsste mich, als könnte er einfach nicht anders.

Als ich den Kopf hob, rang ich mit mir, ob ich ihn nicht zu meinem Zimmer und in mein Bett zerren sollte, das viel näher war als die Hütte. „Lass mich schnell eine Tasche packen", murmelte ich.

„Die wirst du nicht brauchen, Prinzessin."

„Wenn wir mindestens eine Woche bleiben, brauche ich –"

Er legte einen Finger auf meine Lippen. „Du brauchst mein T-Shirt und sonst nichts. Du weißt, was mit deinem Höschen passieren wird, wenn du eines mitnimmst."

„Du wirst es mir wegnehmen und mich dann ficken", sagte ich, wobei meine Stimme heiser vor Vorfreude war.

Er knurrte. „Als ich zu Macons Totenwache ging, dachte ich einzig und allein daran, dass ich nicht auf Befehl ficken würde. Denn das wollte Marshall."

Ich versteifte mich bei seinem Geständnis, aber wartete. Er hatte mehr zu sagen und erwartete lediglich, dass ich ihm vertraute. Also tat ich das.

„Ich habe mich vollkommen geirrt", sagte er. „Ich ficke auf Befehl."

Mein Mund klappte auf und ich starrte ihn verwirrt an. „Wenn es einen Mann gibt, der nicht gerne herumkommandiert wird, bist das du."

Er zuckte mit den Achseln und sein Mundwinkel bog sich nach oben. „Was sich verändert hat, Prinzessin, ist die Person, die mich herumkommandiert."

Oh. Er sprach von mir.

„Ich dachte... ich dachte, du hättest das Sagen."

Sein Lächeln wurde daraufhin breiter und er küsste mich ein weiteres Mal. „Das stimmt. Ich habe das Kommando. Aber du bist diejenige, die die ganze Macht hat."

„Wirklich?"

Er nickte.

„Du beherrschst mich, Prinzessin."

Gott, das war heiß. „Dann fick mich", hauchte ich.

Er warf mich über seine Schulter und trug mich aus dem Haus, wobei ihm Boozer und Eddie folgten. Ich nahm an, dass wir auf dem Weg zu seinem Truck und der Hütte waren, aber letztendlich war mir egal, wohin wir gingen.

Solange ich nur mit Jed zusammen war.

MEHR WOLLEN?

Weißt du was? Ich habe eine kleine Bonus Geschichte für dich. Also melde dich für meinen deutschsprachigen Newsletter an. Durch das Eintragen in die Liste wirst du auch über meine neuesten Veröffentlichungen informiert werden, sobald sie erscheinen (und du erhältst ein kostenloses Buch...wow!)

Wie immer...vielen Dank, dass du meine Bücher liest und mit auf diesen wilden Ritt kommst!

https://vanessavaleauthor.com/v/od

HOLEN SIE SICH IHR KOSTENLOSES BUCH!

Tragen Sie sich in meine E-Mail Liste ein, um als erstes von Neuerscheinungen, kostenlosen Büchern, Sonderpreisen und anderen Zugaben zu erfahren.

kostenlosecowboyromantik.com

WEBSITE-LISTE ALLER VANESSA VALE-BÜCHER IN DEUTSCHER SPRACHE.

vanessavalebuecher.com

ÜBER DIE AUTORIN

Vanessa Vale ist die USA Today Bestseller Autorin von sexy Liebesromanen, unter anderem ihrer beliebten historischen Bridgewater Reihe und heißen zeitgenössischen Liebesromanen. Vanessa schreibt über unverfrorene Bad Boys, die sich nicht einfach nur verlieben, sondern Hals über Kopf in die Liebe stürzen. Ihre Bücher wurden über eine Million Mal verkauft und sind weltweit in mehreren Sprachen im E-Book-, Print- und Audioformat erhältlich, ja sogar als Onlinespiel. Wenn sie nicht schreibt, erfreut sich Vanessa an dem Wahnsinn, zwei Jungen großzuziehen, und versucht herauszufinden, wie viele Mahlzeiten sie mit einem Schnellkochtopf zubereiten kann. Obwohl sie im Umgang mit den Sozialen Medien nicht ganz so geübt ist wie ihre Kinder, liebt sie es, mit ihren Lesern zu interagieren.

Instagram

vanessavale.de

www.ingramcontent.com/pod-product-compliance
Lightning Source LLC
LaVergne TN
LVHW011809060526
838200LV00053B/3711